MALFRUE NOVEMBRE

Mapo de Muminvalo
Dezerta tereno komenciĝas
La lastaj loĝejoj
Valo de Filifjonkino
Muminvalo
Marborda mapo

TOVE JANSSON

MALFRUE NOVEMBRE

EL LA SVEDA TRADUKIS

STEN JOHANSSON

ESPERANTO-ASOCIO DE BRITIO

LA MUMINSERIO:

Kometo en Muminvalo
Ĉapelo de sorĉisto
Memoroj de Muminpatro
Somermeza dramo
Vintro en Muminvalo
La patro kaj la maro
Malfrue novembre

Malfrue novembre

Eldonis en 2024 Esperanto-Asocio de Britio,
483 Green Lanes, London, N13 4BS, Britio.
esperanto.org.uk
ISBN 978-0-902756-78-6

Originala titolo: Sent i november

Sten Johansson asertas la moralan rajton esti agnoskata la tradukinto
de tiu ĉi verko, laŭ Copyright, Designs and Patents Act 1988.
Esperanta traduko © Esperanto-Asocio de Britio, 2024
La tekston tradukis el la sveda Sten Johansson. Ĝin provlegis kaj
lingve kontrolis Edmund Grimley Evans kaj Jouko Lindstedt.

*Esperanto-Asocio de Britio dankas al Fondumo Esperanto (Finnlando)
pro ĝia malavara financa subteno por efektivigi la eldonadon.*

Al mia frato Lasse

1

Unu fruan matenon en Muminvalo Snufmumriko vekiĝis en sia tendo kaj sentis ke estas aŭtuno kaj tempo de ekiro.

Ekiro alvenas kiel salto! Subite ĉio estas ŝanĝita, kaj la vojaĝonto domaĝas ĉiun minuton, li rapide eltiras la tendonajlojn kaj estingas la braĝon, antaŭ ol iu malhelpos kaj pridemandos lin, li kuras, surmetante la dorsosakon, kaj finfine li survojas, subite trankvila kiel vaganta arbo kun ĉiu folio en absoluta ripozo. La tendejo estas malplena rektangulo el paliĝinta herbo. Kaj pli malfrue matene la amikoj vekiĝas kaj diras: Li foriris, estos aŭtuno.

Snufmumriko iris per trankvila kaj mola paŝado, la arbaro fermiĝis ĉirkaŭ li, kaj ekpluvis. La pluvo falis sur lian verdan ĉapelon kaj lian pluvmantelon same verdan; ĉie estis flustrado kaj gutado, kaj la arbaro kaŝis lin en milda kaj delikata soleco.

Ĉe la marbordo troviĝis multaj valoj. Laŭ la tuta maro vagis montoj en longaj solenaj kurbiĝoj, kiel terpintoj kaj golfoj, kiuj tranĉis profunde en la dezertan terenon. En unu el la valoj loĝis filifjonkino sola kun si mem. Snufmumriko jam renkontis multajn filifjonkinojn, kaj li sciis ke ili devas agi laŭ sia speco kaj sia propra malfacila destino. Sed neniam li tiel silentis, kiel preterpasante la domon de filifjonkino.

La barilo havis rektajn kaj pintajn fostojn, kaj la barilpordo estis ŝlosita. La tero estis tute malplena. La sekigŝnuroj estis forigitaj, la ŝtipostako malaperis. Neniu hamako, neniu ĝardena meblo. Restis nenio el la aminda senordo, kiu kutime ĉirkaŭas somerdomon, rastilo kaj sitelo, postlasita ĉapelo, laktotelero de la kato kaj aliaj hazardaj aferoj, kiuj atendas la venontan matenon kaj igas la domon malfermita kaj loĝata.

Filifjonkino sciis ke la aŭtuno alvenis, ŝi jam enfermis sin. Ŝia domo havis esprimon de absoluta fermiteco kaj malpleneco. Sed ŝi troviĝis ene, plej interne, malantaŭ la altaj, nepenetreblaj muroj kaj la picea heĝo, kiu kaŝis ŝiajn fenestrojn.

La trankvila irado de aŭtuno en vintron ne estas malbona tempo. Ĝi estas tempo por konservi kaj sekurigi kaj kolekti kiel eble plej grandajn provizojn. Estas agrable kolekti sian havaĵon kiel eble plej proksime al si, kolekti sian varmon kaj siajn pensojn, kaj fosi por si sekuran groton plej interne, kernon el sekureco, kie oni konservas tion, kio estas grava kaj valora kaj propra. Poste la frosto, la ŝtormoj kaj la mal-

lumo povos alveni laŭplaĉe. Ili palpos laŭ la muroj, serĉante
enirejon, sed ne eblos eniri, ĉio estos fermita, kaj ene sidos
tiu, kiu antaŭzorgis, ridante en sia varmo kaj soleco.

Iuj restas, aliaj foriras, tiel statas de ĉiam. Ĉiu povas mem
elekti, sed li devas elekti, dum estas tempo, kaj neniam ajn
cedi.

Malantaŭ la domo Filifjonkino komencis elbati la polvon el siaj tapiŝoj. Ŝi atakis ilin kun laŭtakta furiozo, kaj ĉiu ajn povus aŭdi ke ŝi ŝatas bati tapiŝojn. Snufmumriko pluiris, li ekbruligis sian pipon kaj pensis: Nun oni vekiĝis en Muminvalo. La patro streĉas la horloĝon kaj frapetas la barometron. La patrino ekbruligas en la forno. Mumintrolo venas en la verandon kaj ekvidas ke la tendejo estas malplena. Li rigardas en la leterkeston ĉe la ponto, sed ankaŭ ĝi estas malplena. Mi forgesis la ĝisrevidan leteron, mi ne havis tempon. Sed ĉiuj miaj leteroj egalas. Mi revenos en aprilo, fartu bone. Mi ekiras, printempe mi revenos, zorgu pri vi. Li ja scias.

Kaj Snufmumriko forgesis Mumintrolon, tute facile.

En la krepusko li alvenis al la longa margolfo, kiu situis en ĉiama ombro inter la montoj. Plej interne ĉe la golfo lumis kelkaj fruaj lumoj, kie aro da domoj staris dense kune.

Neniu estis eksterdome en la pluvo.

Jen loĝis la Hemulo kaj Mimlino kaj Gafsino; sub ĉiu tegmento loĝis iu, kiu decidis resti; ili estis personoj, kiuj preferis esti endome. Snufmumriko ŝteliris preter la postkortoj, li retiriĝis en la ombron kaj estis tre silenta, li volis paroli kun neniu. Dometoj kaj domegoj, ĉiuj dense kune,

kelkaj estis kunkonstruitaj kaj pruntis tegmentajn de-
fluilojn kaj rubujojn unu de la alia, ili rigardis en la fenes-
trojn unu de la alia kaj odoris je manĝo. Kamentuboj kaj
altaj gabloj, putaj baskuliloj kaj sube la tretitaj vojoj de
pordo al pordo. Snufmumriko paŝis rapide kaj sensone,
pensante: Ho, ĉiuj domoj, kiom mi malŝatas vin.

Nun estis preskaŭ mallume. Jen kuŝis la boato de la Hemulo surtere sub la alnoj, ĝi havis grizan baŝon sur si. Iom pli alte kuŝis la masto, la remiloj kaj la rudro. Ili nigriĝis kaj fendiĝis pro la paso de multaj someroj, ili neniam estis uzitaj. Snufmumriko skuis sin kaj pluiris.

Sed la eta homso en la boato de la Hemulo aŭdis liajn paŝojn kaj retenis la spiradon. La paŝoj pluiris foren, nun denove estis silente, nur la pluvo falis sur la baŝo.

La plej lasta domo situis sola sub la malhelverda muro el picea arbaro, jen komenciĝis la vera dezerta tereno. Snufmumriko paŝis pli rapide, rekte al la arbaro. Tiam la lasta domo malfermis pordan fendon, kaj tre maljuna voĉo kriis:

Kien vi iras?

Mi ne scias, respondis Snufmumriko.

La pordo refermiĝis, kaj Snufmumriko eniris en sian arbaron kun cent mejloj da silento antaŭ si.

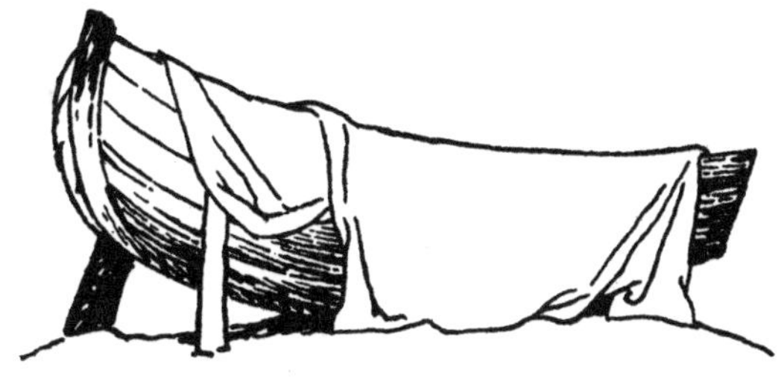

2

Tempo pasis kaj la pluvo falis. En neniu antaŭa aŭtuno pluvadis tiel multe. La valoj laŭ la marbordo marĉiĝis pro la akvo, kiu fluis laŭ montetoj kaj montoj, kaj la tero putris anstataŭ velki. Subite la somero estis tiel fora, kiel se ĝi neniam ekzistus, kaj fariĝis tre longa vojo inter la domoj, kaj ĉiu rifuĝis en la sia.

En la boato de la Hemulo, plej interne de la pruo, loĝis la eta homso, kiu nomis sin Toft. Neniu sciis ke li loĝas tie. Nur unufoje jare, komence de la printempo, iu forigis la baŝon por gudri la boaton kaj ŝtopi la plej dikajn fendojn. Poste li remetis la baŝon, kaj sub ĝi la boato atendadis plu. La Hemulo neniam havis tempon ekiri surmaren, kaj krome li ne sciis veli.

La homso Toft ŝatis la odoron de gudro; al li gravis ke odoru bone, kie li loĝas. Li ŝatis la ŝnurvolvaĵon, kiu tenis lin en sia firma brakumo, kaj la ĉiaman sonon de pluvo. Lia granda palto estis varma kaj tre utila dum longaj aŭtunaj noktoj.

Vespere, kiam ĉiuj iris al siaj hejmoj kaj la golfo silentis, la homso rakontis al si mem propran historion. Ĝi temis pri la feliĉa familio. Li rakontis, ĝis li endormiĝis, kaj en la sekva vespero li povis daŭrigi ĝin aŭ rekomenci de la komenco.

14

La homso kutimis komenci priskribante la feliĉan Muminvalon. Li malrapide subeniris laŭ la deklivoj, kie kreskis malhela pingloarbaro kaj tre helaj betuloj. Iĝis pli varme. Li klopodis priskribi, kiel oni sentas, kiam la valo malfermiĝas en verdan sovaĝan ĝardenon, kiun tralumas sunbrilo; ĉie balanciĝas verdaj folioj en la somera brizo, verda herbo ĉirkaŭe kaj super lia kapo, kaj la sunmakuloj sur la herbejo, kaj la sono de burdoj, kaj odoras bone, kaj li malrapide pluiris, ĝis li aŭdis la fluantan riveron.

Estis grave ŝanĝi eĉ ne unu solan detalon: Unufoje li metis plezurdometon ĉe la riveron, sed tio estis malĝusta. Nur la ponto kaj la leterkesto rajtis esti tie. Poste sekvis la siringoj kaj la ŝtipejo de la patro, ambaŭ kun sia propra odoro de sekureco kaj somero.

Estis tre kviete kaj sufiĉe frue matene. Nun la homso Toft povis vidi la ornaman globon el blua vitro, kiu kuŝis sur sia fosto plej fore en la ĝardeno. Ĝi estis la vitroglobo de Muminpatro, kaj ĝi estis la plej bela afero, kiu ekzistis en la tuta valo. Ĝi estis magia.

La herbo kreskis alte kaj plenis de floroj, la homso priskribis ilin. Li rakontis pri la rastitaj vojetoj zorge borderitaj de konkoj kaj negrandaj orpecoj, poste li okupis sin ankoraŭ iom pri la sunmakuloj, kiuj aparte plaĉis al li. Li lasis la venton susuri alte super la valo, trairi la arbaron sur la deklivoj kaj silentiĝi, tiel ke denove regis absoluta kvieto. La pomarboj floris. La homso donis pomojn al kelkaj arboj sed reforigis ilin, li pendigis la hamakon kaj disŝutis flavan segaĵon antaŭ la ŝtipejon; nun li estis tre proksime al la

domo. Jen la peonia bedo kaj jen la verando ... La verando situis meze de la matena sunbrilo, kaj ĝi estis precize tia, kia la homso faris ĝin, la balustrado arabeske segita, la kaprifolio, la balancoseĝo, ĉio.

La homso Toft neniam eniris la domon, li atendis ekstere. Li atendis ke la patrino elvenu sur la ŝtuparon.

Bedaŭrinde li kutimis endormiĝi ĝuste tie. Nur unufoje li videtis ŝian nazon en la pordo, rondan amikan nazon, la tuta patrino estis ronda en la maniero, kiel estu patrinoj.

Nun Toft denove vagis tra la valo. Multajn centojn da fojoj li jam vagis la saman vojon, kaj ĉiufoje la ekscito de ripeto pliprofundiĝis. Subite griza nebulo disvastiĝis super la pejzaĝo, kiu forviŝiĝis, li vidis nur la mallumon per siaj fermitaj okuloj kaj aŭdis la longan aŭtunan pluvadon sur la baŝo. La homso provis reveni, sed tio ne eblis.

Tio okazis jam kelkfoje en la lasta semajno, kaj ĉiufoje la nebulo venis iom pli frue. Hieraŭ ĝi alvenis ĉe la ŝtipejo, nun mallumiĝis jam antaŭ la siringoj. La homso Toft eniĝis pli profunde en sian palton, pensante: Morgaŭ mi eble eĉ ne atingos la riveron. Mi ne plu povas rakonti tiel ke ĝi videblas, ĉio retroiras.

Dum kelka tempo la homso dormis. Kiam li vekiĝis en la mallumo, li sciis kion fari. Li forlasos la boaton de la Hemulo, trovos la valon, eniros en la verandon, malfermos la pordon kaj rakontos, kiu li estas.

Decidinte tion, la homso Toft reendormiĝis kaj dormis sensonĝe dum la tuta nokto.

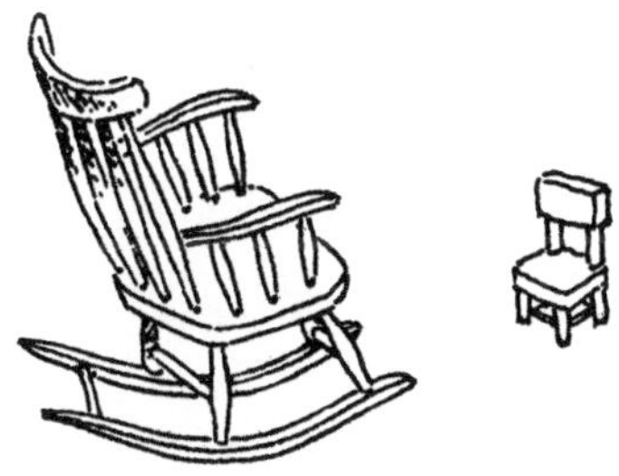

3

En unu novembra ĵaŭdo la pluvado ĉesis, kaj Filifjonkino decidis lavi la fenestrojn de la subtegmenta etaĝo. Ŝi varmigis akvon en la kuirejo kaj enĵetis iom da sapo, ne multe, poste ŝi portis la pelvon supren, metis ĝin sur seĝon kaj malfermis la fenestron. Tiam io malfiksiĝis el la fenestra kadro kaj falis apud ŝian manon. Ĝi aspektis kiel eta kotona tufo, sed Filifjonkino tuj sciis, kio ĝi estas: abomena pupo de insekto, en kiu troviĝas pala blanka raŭpo. Ŝi tremis kaj retiris la manojn. Kien ajn ŝi paŝis, kion ajn ŝi faris, ŝi ĉiam renkontis aferojn, kiuj rampas kaj krablas, ili troviĝis ĉie! Ŝi prenis sian purigan tukon, per rapida movo ŝi forviŝis la raŭpon kaj vidis ĝin ruliĝi sur la tegmento, salti trans la tegmentan randon kaj malaperi.

Naŭze, flustris Filifjonkino, skuante sian viŝtukon. Ŝi levis la pelvon kaj eliris tra la fenestro por lavi la eksteran flankon.

Filifjonkino surhavis feltajn pantoflojn, kaj veninte sur la krutan malsekan tegmenton, ŝi tuj komencis gliti mal-antaŭen. Ŝi ne havis tempon ektimi. Ŝia maldika korpo ĵetis sin antaŭen, fulmrapide, dum kapturna sekundo ŝi glitis suben surventre laŭ la tegmento, la pantofloj trafis la teg-mentan randon, kaj jen ŝi kuŝis. Kaj nun Filifjonkino ek-timis. La timo rampis tra ŝi, ĝi sidis kiel inkogusto en la gorĝo. Ŝi fermis la okulojn, tamen ŝi vidis la teron fore sube, ŝiaj makzeloj ŝlosiĝis pro teruro kaj surpriziĝo, kaj ŝi ne povis krii.

Cetere ekzistis neniu, al kiu krii. Filifjonkino finfine liberiĝis de sia tuta parencaro kaj de ĉiuj siaj ĝenaj konatoj. Ŝi havis tiom da tempo kiom ŝi volis por prizorgi sian domon kaj sian solecon kaj fali de sia tegmento tute sola inter la skarabojn kaj nepriskribeblajn raŭpojn de la ĝardeno.

Filifjonkino faris angoroplenan rampomovon supren, la manoj palpis laŭ la glita lado, kaj ŝi reglitis, do ĉio estis sama kiel antaŭe. La malfermita fenestro batadis pro la vento, la ĝardeno susuris, la tempo pasis. Kelkaj pluvgutoj klaketis sur la tegmento.

Tiam Filifjonkino memoris la fulmoŝirmilon, kiu kon-dukis supren al la subtegmenta etaĝo ĉe la alia flanko de la domo. Tre malrapidege ŝi komencis movi sin pluen laŭ la tegmenta rando, etan distancon per unu piedo, kaj poste

per la alia, kun la okuloj firme fermitaj kaj la ventro prem-
ata al la tegmento, jen kiel Filifjonkino krablis ĉirkaŭ sia
granda domo, kaj senĉese ŝi memoris ke ŝi suferas pro kap-
turno, kaj kiel estas, kiam la kapo ekturniĝas. Nun ŝi sentis
la fulmoŝirmilon sub la mano, ŝi kaptis ĝin por sia vivo, kaj
same malrapide kun firme fermitaj okuloj ŝi trenis sin
supren al la dua etaĝo, kaj en la tuta mondo ekzistis nenio
krom maldika drato kaj filifjonkino, kiu alkroĉas sin al ĝi.

Ŝi kaptis la mallarĝan randon el ligno, kiu ĉirkaŭiris la subtegmentan etaĝon, ŝi rampis supren kaj kuŝis tute senmova. Iom post iom Filifjonkino stariĝis mane-piede, ŝi atendis ĝis la tremado en ŝiaj kruroj pasis, kaj ŝi tute ne sentis sin ridinda. Paŝon post paŝo ŝi komencis pluiri kun la vizaĝo al la muro. Fenestro post fenestro, kaj ili ĉiuj estis fermitaj. La nazo estis tro longa, ĝi ĝenis, ŝi havis harojn antaŭ la okuloj, kaj ili tiklis al ŝi la nazon, mi devas ne terni, tiam mi perdus la ekvilibron ... Mi devas nek rigardi nek pensi. Unu pantoflo faldiĝis duobla ĉe la kalkano, neniu atentas min, la korseto alhokis sin ie, kaj en iu ajn sekundo el ĉiuj ĉi teruraj sekundoj ...

Nun la pluvo rekomenciĝis. Filifjonkino malfermis la okulojn, kaj oblikve trans la ŝultron ŝi vidis la krutan tegmenton kaj la randon sube kaj la falon tra nenio, kaj la kruroj rekomencis tremi, kaj la mondo turnis sin ĉirkaŭ ŝi, kiam alvenis la kapturno. Ĝi suĉis ŝin eksteren for de la muro, la rando sur kiu ŝi staris fariĝis maldika kaj mallarĝa kiel tranĉilo, kaj dum senfunda sekundo ŝi falis tra sia tuta filifjonka vivo. Tre malrapide ŝi kliniĝis eksteren, for el la sekureco, al la senkompata angulo de falo, haltis tie dum alia eterno kaj resinkis enen.

Nun ŝi estis nenio ajn, nur io, kio klopodis kiel eble plej platigi sin por veni pluen. Jen estis la fenestro. La vento jam fermis ĝin, firme. La fenestra kadro estis ebena kaj malplena, tie troviĝis nenio por kapti kaj tiri, eĉ ne la plej malgranda najlo. Filifjonkino provis per harpinglo, sed ĝi fleksiĝis. Enĉambre ŝi povis vidi la pelvon kun sapakvo kaj viŝtuko, jen netuŝita bildo de trankvila ĉiutageco, neatingebla mondo.

La viŝtuko! Ĝi estis pinĉpremita ĉe la fenestra kadrumo … La koro de Filifjonkino ekbatis – ŝi vidis etan angulon de la tuko eliĝi, ŝi kaptis ĝin, ho kiel singarde, ŝi tiris delikate … Ho, ke ĝi kunteniĝu, ke ĝi estu la nova kaj bona, ne la malnova … Neniam plu mi ŝparos malnovajn viŝtukojn, neniam plu mi ŝparos ion ajn, mi malavaros, mi ĉesos purigi, mi tro multe purigas, mi estas pedanta … Mi iĝos io tute alia ol filifjonkino … Tiel pensis Filifjonkino, petege kaj senespere, ĉar filifjonkino kompreneble neniam povas iĝi io alia ol filifjonkino.

Kaj la viŝtuko eltenis. Malrapide la fenestro moviĝis, estis kaptita de la vento kaj frape malfermiĝis, kaj Filifjonkino kapantaŭe ĵetis sin en la sekurecon de la ĉambro, ŝi kuŝis surplanke, kaj la stomako turnis sin en rondo, en rondo, ŝi terure naŭziĝis.

Super ŝi la plafona lampo balanciĝis pro la vento, ĉiuj kvastoj saltetis en egalaj interdistancoj, ĉiu kun eta bido ĉe la fino. Ŝi atente rigardis ilin, surprizita de tiuj kvastetoj, kiujn ŝi neniam antaŭe vidis. Kaj neniam ŝi vidis ke la silka lampŝirmilo estas ruĝa, de tre bela ruĝa koloro, kiu similas sunsubiron. Ankaŭ la hoko en la plafono havis novan kaj nekutiman formon.

Nun ŝi fartis iomete pli bone. Filifjonkino komencis pripensi, kiel strange estas, ke ĉio pendanta de hoko efektive plu pendas suben kaj ne alidirekten, kaj kio povas esti la kialo de tio. La tuta ĉambro estis ŝanĝita, ĉio estis nova. Filifjonkino iris al la spegulo kaj rigardis sin mem. La nazo estis plena de frotvundetoj unuflanke, kaj la haroj pendis tute rektaj kaj malsekaj. La okuloj estis aliaj, kaj estas mirinde ke oni havas okulojn por rigardi, pensis Filifjonkino, kaj kiel tio okazas – rigardi …?

Ŝi komencis frosti pro la pluvo kaj pro la falo tra sia tuta vivo dum unu sola sekundo, do ŝi decidis kuiri kafon. Sed kiam Filifjonkino malfermis la kuirejan ŝrankon, ŝi unuafoje ekvidis ke ŝi havas tro multe da porcelanaĵoj. Tia terura amaso da kafotasoj. Ege tro multaj bovletoj kaj pladoj kaj stakoj da teleroj, centoj da aferoj, sur kiuj manĝi, kaj nur unu sola filifjonkino. Kaj kiu ricevos ilin, kiam ŝi mortos?

Mi tute ne mortas, flustris Filifjonkino kaj frapfermis la ŝrankon. Ŝi kuris en la vivoĉambron, ŝi stumblis inter siaj mebloj, en la ĉambreton kaj ree elen, ŝi kuris al la salono kaj fortiris ĉiujn kurtenojn, kaj supren en la subtegmenton, kaj ĉie estis same silente. Ŝi lasis la pordojn nefermitaj, ŝi malfermis la vestoŝrankon, kaj tie kuŝis ŝia valizo, kaj fin-

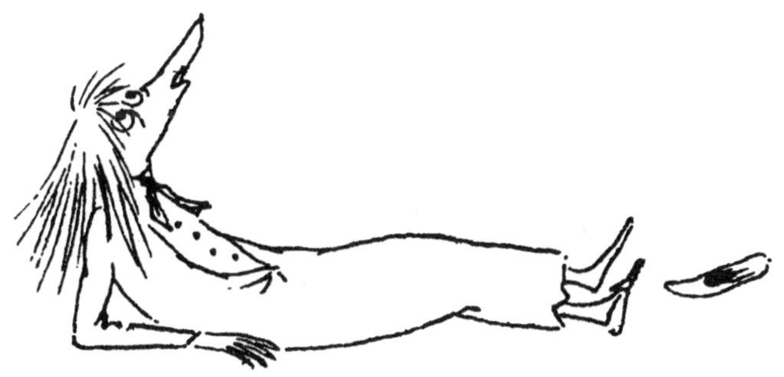

fine Filifjonkino sciis kion fari. Ŝi ekiros por vizito. Ŝi volis vidi aliulojn, kiuj parolas kaj estas simpatiaj kaj paŝas enen kaj elen kaj plenigas la tutan tagon, tiel ke ne restas spaco por teruraj pensoj. Ne la Hemulon. Ne Mimlinon, malplej el ĉiuj Mimlinon! Sed la Muminfamilion. Jam estis tempo viziti la patrinon de Mumintrolo. Kaj oni decidu aferojn en certaj animagordoj kaj prefere rapide, antaŭ ol la animagordo pasos.

Filifjonkino eligis la valizon kaj enmetis la arĝentan vazon, kiun ŝi donacos al Muminpatrino. Ŝi elverŝis la sapakvon sur la tegmenton kaj fermis la fenestron. Ŝi sekigis sian hararon kaj volvis ĝin sur papilotojn, poste ŝi trinkis posttagmezan teon. La domo kvietiĝis kaj refariĝis kiel kutime. Lavinte sian tetason, Filifjonkino eligis la arĝentan vazon el la valizo kaj anstataŭe enmetis unu el porcelano. Ŝi eklumigis la plafonan lampon, ĉar la pluvo alportis fruan krepuskon.

Kio okazis al mi? pensis Filifjonkino. Tiu lampŝirmilo ja eĉ ne estas ruĝa. Ĝi estas iel bruneca. Sed malgraŭ ĉio mi ekvojaĝos.

4

Estis malfrua aŭtuno. Snufmumriko pluiris suden. De temp' al tempo li starigis la tendon kaj lasis la tempon pasi, kiel ĝi volis; li vagadis observante sen pensi kaj sen memori kaj sufiĉe multe dormis. Li estis atenta sed tute ne scivola kaj ne zorgis, kien li iras – li volis nur pluiri.

La arbaro estis peza pro pluvo kaj la arboj tute senmovaj. Ĉio jam velkis kaj mortis, sed sube surtere la sekreta ĝardeno de malfrua aŭtuno kreskis per furioza forto rekte supren el la humiĝado, jen fremda vegetaĵaro el brilaj ŝvelaj plantoj, kiuj havis nenian rilaton al somero. La nuda mirtela arbustaro estis verdflava, kaj la torfberoj malhelaj kiel sango. Kaŝitaj likenoj kaj muskoj ekkreskis, ili kreskis kiel granda mola tapiŝo, ĝis ili posedis la tutan arbaron. Ĉie troviĝis novaj intensaj koloroj, kaj ĉie surtere kuŝis ruĝe lumantaj sorpoj. Sed la filikoj estis nigraj.

Snufmumriko eksentis deziron fari kantojn. Li atendis, ĝis la deziro estis tute certa, kaj unu vesperon li eligis sian buŝharmonikon, kiu kuŝis plej funde en la dorsosako. Iam en aŭgusto, ie en Muminvalo, li trovis kvin mezurojn, kiuj faris nekontesteblan kaj brilan komencon de muzikaĵo. Ili alvenis tute memkompreneble, kiel alvenas tonoj, se oni lasas ilin en paco. Nun estis la ĝusta momento aperigi ilin kaj fari el ili kanton pri pluvo.

Snufmumriko aŭskultis kaj atendis. La kvin mezuroj ne venis. Li atendis plu sen maltrankviliĝi, ĉar li sciis, kiel kondutas melodioj. Sed la sola afero, kiun li aŭdis, estis la mallaŭta susurado de pluvo kaj fluanta akvo. Baldaŭ tute mallumiĝis. Snufmumriko elpoŝigis sian pipon sed poste remetis ĝin. Li komprenis ke la kvin mezuroj restas en la valo, kaj ke li ne sukcesos trovi ilin antaŭ ol reiri tien.

Ekzistas milionoj da melodioj, kiujn facilas kapti, kaj novaj estiĝas senĉese. Sed Snufmumriko lasis ilin flugadi laŭplaĉe; ili estis someraj kantoj por ĉiu ajn. Li rampis en la tendon kaj en sian dormsakon kaj tiris ĝin super la kapon. La malforta susuro de pluvo kaj fluanta akvo ne ŝanĝiĝis, ĝi havis la saman mildan tonon de soleco kaj perfekteco. Sed kiom li do atentis la pluvon, dum li ne povis fari kanton, kiu temas pri pluvo?

5

La Hemulo vekiĝis malrapide kaj rekonis sin mem kaj deziris ke li estu iu, kiun li ne konas. Li estis eĉ pli laca ol kiam li enlitiĝis, kaj jen estis nova tago, kiu daŭros ĝis la vespero, kaj poste sekvos alia kaj alia, kiuj daŭros same kiel tagoj daŭras, kiam ilin plenigas hemulo.

Li eniĝis sub la litkovrilon kaj enboris la nazon en la kusenon, poste li movis la ventron al la litorando, kie la littuko estis malvarmeta. La Hemulo okupis la tutan liton kun etenditaj brakoj kaj kruroj, li atendis agrablan sonĝon, kiu ne venis. Li kunvolvis sin kaj malgrandigis sin, sed tio ne helpis. Li provis esti la hemulo, kiun ĉiuj ŝatas, li provis esti la kompatinda hemulo, kiun neniu ŝatas. Sed li estis kaj restis nur hemulo, kiu faras sian plejbonon, kvankam nenio fariĝas vere bona. Fine li ellitiĝis kaj surmetis la pantalonon.

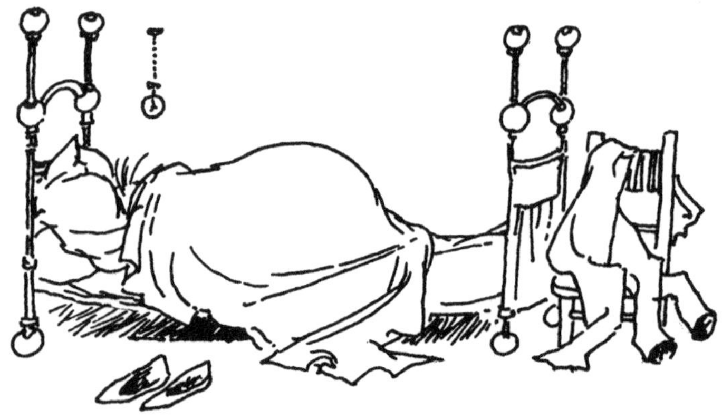

La Hemulo ne ŝatis vesti sin, nek malvesti sin; tio donis al li senton ke la tagoj pasas, dum okazas nenio grava. Kaj tamen li okupiĝis pri organizado kaj aranĝado de mateno ĝis vespero! Ĉirkaŭ li homoj vivis siajn malzorgajn kaj sen-planajn vivojn; kien ajn li rigardis, troviĝis io por ĝustigi, kaj li klopodis ĝis elĉerpiĝo por komprenigi al ili, kiel ili vivu.

Ŝajnas ke ili ne volas bone vivi, malĝoje pensis la Hemulo, lavante la dentojn. Li rigardis la fotografaĵon pri si mem kun la velboato, ili estis fotografitaj kune okaze de ĝia lanĉo. Ĝi estis bela bildo, sed ĝi eĉ pli malĝojigis lin.

Mi devus lerni kiel veli, pensis la Hemulo. Sed mi ja neniam havas tempon ...

Subite ŝajnis al la Hemulo ke ĉio, kion li faras, estas nenio krom movi aferojn de unu loko al alia aŭ diri, kien meti ilin, kaj en klarvida momento li demandis sin, kio okazus, se li ĉesus.

Nenio, kredeble. Iu alia prizorgus la tutan aferon, diris la Hemulo al si, remetante la dentobroson en ĝian glason. Li estis surprizita kaj iom timigita de tio, kion li ĵus diris; lia dorso komencis frosti, kiel kiam la horloĝo batas la dekduan horon en la novjara nokto, kaj en la sekva sekundo li pensis: Sed tiuokaze mi ja devos veli ... Poste li vere naŭziĝis kaj sidiĝis surliten.

Nun mi komprenas nenion, pensis la kompatinda Hemulo. Kial mi diris tiel? Ekzistas aferoj, kiujn oni ne rajtas pensi; oni ne esploru tro multe. Li senespere serĉis ion agrablan, kio povus forpurigi la matenan melankolion, li serĉis, serĉadis, kaj iom post iom aperis al li somera memoro fora kaj amika. La Hemulo memoris Muminvalon. Li estis tie antaŭ terure longe, sed unu aferon li memoris tute klare. Ĝi estis la suda gastoĉambro, kaj kiel agrable estadis vekiĝi matene. La fenestro estis nefermita, kaj milda somera vento levis la blankan kurtenon, fenestro-hoko mallaŭte frapetadis pro la vento ... Kaj muŝo alpuŝ-iĝadis al la plafono. Kaj nenio urĝis. En la verando atendis la kafo, ĉio estos en ordo, ĉio estis simpla kaj iris per si mem.

Krome troviĝis familio tie, sed li ne memoris ĝin tre klare, ĝi paŝetadis ie kaj tie, zorgante pri siaj propraj aferoj; ĝi estis io amika kaj malpreciza – familio, tutsimple. La patron li memoris iom pli klare, kaj eble la boaton de la patro. Kaj la boatvarfon. Sed plej multe kiel li sentis sin matene, vekiĝante en ĝoja humoro.

La Hemulo stariĝis, li iris preni la dentobroson kaj en-poŝigis ĝin. Li ne plu naŭziĝis, li sentis sin kiel tute nova hemulo.

Neniu vidis, kiam la Hemulo ekiris, sen valizo, sen ombrelo, kaj sen adiaŭi eĉ unu solan el siaj najbaroj.

La Hemulo ne kutimis moviĝi tra pejzaĝo. Li plurfoje perdis la vojon, sed tio nek maltrankviligis nek ĉagrenis lin.

Mi neniam antaŭe misvagis, li gaje pensis. Kaj mi neniam antaŭe estis tramalseka! Li svingis la brakojn kaj sentis sin kiel tiu en la kanto, kiu paŝas sola en la pluvo mil mejlojn for de la hejmo kaj estas sovaĝa kaj libera. La Hemulo tiel ĝojis! Kaj baldaŭ li ricevos varman kafon en la verando.

Proksimume unu kilometron oriente de la valo la Hemulo atingis la riveron. Li penseme rigardis la malhelan fluantan akvon kaj ekhavis la ideon ke la vivo estas kiel rivero; iuj navigas malrapide, aliaj rapide, kaj iuj renversiĝas. Tion mi diros al Muminpatro, pensis la Hemulo serioze. Mi supozas ke tio estas tute nova penso. Imagu, kiel facile la pensoj alvenas hodiaŭ, kaj kiel ĉio simpliĝis. Oni nur eliras tra la pordo kun la ĉapelo oblikve, ĉu ne? Eble mi enakvigos la boaton. Mi velos foren sur la maro. Mi sentos la firman premon de la rudrostango en mia mano ... La firman premon de la rudrostango en mia mano, ripetis la Hemulo, kaj nun li estis tiel feliĉa ke tio preskaŭ doloris. Li streĉis la zonon ĉirkaŭ sia granda ventro kaj pluiris laŭ la rivero.

Kiam la Hemulo alvenis, la valo estis plena de densa griza pluvnebulo. Li paŝis rekte en la ĝardenon kaj haltis konsternite. Jen io estis ne ĝusta. Ĉio estis sama sed tamen ne sama. Velkinta folio zigzagis suben kaj fiksiĝis sur lia nazo.

Ho, kiel stulte, ekkriis la Hemulo. Ja tute ne estas somero! Estas aŭtuno!

Iel li ĉiam imagis someron en Muminvalo. Li plupaŝis al la domo, haltis antaŭ la veranda ŝtuparo kaj provis jodli. Li ne sukcesis. Tiam li kriis:

Hej! Ho! Metu la kafokruĉon sur fajron!

Okazis nenio. La Hemulo refoje kriis kaj atendis iom.

Nun mi iomete ŝercos kun ili, pensis la Hemulo. Li kuspis la kolumon kaj tiris la ĉapelon suben sur la nazon, li trovis rastilon ĉe la akvobarelo kaj minace levis ĝin super la kapo. Poste li kriegis: Malfermu en la nomo de la leĝo!

Li staris senmova, atendante, skuiĝante pro rido. La domo estis silenta. La pluvo intensiĝis, ĝi falis, faladis sur la atendanta hemulo, kaj en la tuta valo aŭdiĝis nenio krom la susurado de falanta pluvo.

6

La homso Toft neniam antaŭe estis en Muminvalo, sed li ne misvagis. Estis tre longa vojo, kaj la kruroj de la homso estis mallongaj. Ĉie troviĝis profundaj lagetoj kaj marĉoj kaj arbegoj, kiuj falis teren pro aĝo aŭ ŝtormo. Iliaj ŝiritaj radikoj levis grandajn pecojn da tero supren, kaj sub tiuj brilis nigraj akvokavoj. La homso ĉirkaŭiris ilin, li ĉirkaŭiris ĉiun marĉon kaj ĉiun akvokavon, kaj li eĉ ne unufoje perdis la vojon. Li sentis sin tre feliĉa, ĉar li sciis, kion li volas. La arbaro bonodoris, eĉ pli ol la boato de la Hemulo.

La Hemulo mem odoris je malnovaj paperoj kaj timemo. Tion sciis la homso. Unufoje la Hemulo staris apud sia boato, suspirante kaj iom tirante la baŝon antaŭ ol denove foriri.

Ĝuste nun ne pluvis, sed la arbaro estis plena de nebulo kaj tre bela, ĝi densiĝis, kie la montetoj malaltiĝis proksime al Muminvalo, kaj iom post iom la lagetoj fariĝis rojoj, pli kaj pli multaj. La homso paŝis inter centoj da riveretoj kaj akvofaloj, kaj ili ĉiuj iris samdirekte kiel li.

Nun la valo estis tute proksima, nun li alvenis. Li rekonis la betulojn, ĉar iliaj trunkoj estis pli blankaj ol en aliaj valoj. Ĉio hela estis pli hela, kaj ĉio malhela pli malhela. La homso Toft iris kiel eble plej silente kaj tre malrapide. Li aŭskultis. Iu hakis lignon en la valo. Tio estis la patro, li hakis brul-lignon por la vintro. La homso iris eĉ pli silente, liaj piedoj apenaŭ tuŝis la muskon. La rivero venis renkonte al li, jen estis la ponto kaj la vojo.

La patro jam ĉesis haki, nun aŭdiĝis nur la susurado de la fluanta rivero, en kiu kolektiĝis ĉiuj rojoj kaj riveretoj por pluiri al la maro.

Mi alvenis, pensis la homso Toft. Li iris trans la ponton kaj en la ĝardenon, ĝi estis sama kiel li rakontadis ĝin kaj ne povis esti alia. La arboj staris senfoliaj en la novembra nebulo, sed dum momento ili vestis sin verdaj, sunmakuloj dancis sur la herbejo, kaj la homso sentis la sekuran kaj dolĉan odoron de siringo.

Li kuris la tutan vojon al la ŝtipejo, kaj tie alia odoro renkontis lin, odoro de malnovaj paperoj kaj timemo. La Hemulo sidis sur la ŝtuparo de la ŝtipejo kun hakilo en la manoj, ĝi havis plurajn noĉojn sur la eĝo, ĉar li batis ĝin sur najlojn. La homso Toft haltis. Jen la Hemulo, li pensis. Tiel li aspektas.

La Hemulo levis la rigardon. Hola, li diris. Mi pensis ke vi estas Muminpatro. Ĉu vi scias, kien ili ĉiuj malaperis?

Ne, respondis la homso.

Ilia ligno plenas de najloj, deklaris la Hemulo kaj levis la hakilon. Malnovaj tabuloj kaj rubo plenaj de najloj! Plaĉis al li interparoli kun iu. Mi venis ĉi tien pro plezuro, daŭrigis la Hemulo. Laŭ la maniero kiel oni surprize aperas ĉe malnovaj konatoj! Li ridis kaj enmetis la hakilon en la ŝtipejon. Aŭskultu, homso, li diris. Enportu ĉion en la kuirejon por ke ĝi sekiĝu, kaj staku ĝin alterne tiel kaj ĉi tiel, dum mi eniros por kuiri kafon. La kuirejo estas dekstre, en la malantaŭa flanko.

Mi scias, respondis Toft.

La Hemulo pluiris al la domo, kaj la homso Toft komencis kolekti la brullignon. Li povis vidi ke la Hemulo ne kutimis haki brullignon, sed ke li sendube amuziĝis. La ligno odoris bone.

La Hemulo enportis la kafopleton en la salonon kaj metis ĝin sur la ovalan mahagonan tablon. La matenan kafon oni kutime trinkas en la verando, li diris. Sed la kafon de vizit-antoj oni prezentas salone, por tiuj kiuj neniam antaŭe estis ĉi tie.

La seĝoj estis tegitaj per malhelruĝa veluro kaj havis puntan tuketon surdorse. La homso timide rigardis ĉirkaŭ si en la bela serioza ĉambro. Li ne kuraĝis sidiĝi, la mebloj estis tro luksaj. La kahelforno atingis ĝisplafone kaj estis ornamita per pinkonusa desegno; ĝi havis perlobroditan kamenklapan ŝnuron kaj brilajn pordetojn el latuno. Ankaŭ la komodo estis brila kun orumita tenilo sur ĉiu tirkesto.

Nu, ĉu vi ne sidiĝos? diris la Hemulo.

La homso sidiĝis plej ekstere sur la seĝan randon, li gapis al portreto super la komodo. Ĝi prezentis iun, kiu estas komplete grize vila kaj havas voston kaj kolerajn okulojn unu proksime de la alia. La nazo estis nekutime granda.

Jen ilia prapatro, klarigis la Hemulo. El la tempo, kiam ili vivis malantaŭ kahelfornoj.

La rigardo de la homso vagis plu al la ŝtuparo, kiu malaperis en la obskuron de malplena subtegmenta etaĝo, li frostotremis kaj diris: Ĉu ne estas pli varme en la kuirejo?

Mi pensas ke vi pravas, diris la Hemulo. Eble estas pli agrable en la kuirejo. Li relevis la pleton, kaj ili forlasis la dezertan salonon.

Dum la tuta tago ili ne parolis pri la forvojaĝinta familio. La Hemulo rondiris en la ĝardeno, rastante foliojn kaj parolante pri ĉio ajn, kio venis en lian kapon, kaj la homso postsekvis lin kaj kolektis la foliojn en korbo, dirante sufiĉe malmulte.

Dum kelka tempo la Hemulo rigardis la bluan vitroglobon de la patro. Ĝardena ornamaĵo, li diris. Kiam mi estis infano, ili kutime estis arĝentumitaj, kaj poste li rastis plu.

La homso Toft ne rigardis la vitroglobon. Li ne volis observi ĝin, antaŭ ol li estos sola. La vitroglobo estis la meza punkto de la valo, ĝi ĉiam speguladis tiujn, kiuj loĝis tie. Se io restas de la familio, tio devas esti videbla en la profunde blua globo el vitro.

En la krepusko la Hemulo eniris en la salonon por streĉi la murhorloĝon de la patro. Ĝi komencis bati furioze, rapide kaj malegale, poste ĝi ekiris. Nun la horloĝo denove tiktakis, stabile kaj tre kviete, kaj la salono fariĝis viva ĉambro. La Hemulo pluiris al la barometro, granda malhela barometro el mahagono plena de ornamoj, li frapetis sur ĝi kaj vidis ke estas Nestabile. Poste la Hemulo iris kuirejen kaj diris:

Jam komencas ordiĝi! Nun ni faru novan fajron kaj iom pli da kafo, ĉu ne? Li eklumigis la kuirejan lampon kaj trovis cinamajn biskvitojn en la manĝoprovizejo.

Jen veraj marbiskvitoj, klarigis la Hemulo. Ili memorigas al mi mian boaton. Manĝu, homso. Vi estas tro maldika.

Koran dankon, diris la homso.

La Hemulo estis sufiĉe gaja, li klinis sin antaŭen super la kuireja tablo kaj diris:

Mia velboato estas imbrike konstruita. Ekzistas nenio en la mondo, kio superas enakvigi la boaton, kiam venas la printempo, ĉu ne?

La homso trempadis la biskviton en la kafon, dirante nenion.

Oni atendas, atendadas, diris la Hemulo. Kaj finfine oni hisas la velojn kaj ekiras.

La homso rigardis la Hemulon sub la fruntharoj. Fine li diris: Jes.

La Hemulon kaptis subita dezerteco, estis tro silente en la domo. Li diris:

Oni ne ĉiam havas tempon fari, kion oni volas. Ĉu vi konis ilin?

Jes, la patrinon, respondis la homso Toft. La aliaj estas iom nebulaj.

Ankaŭ al mi, ekkriis la Hemulo kaj ekĝojis ke la homso finfine diris ion. Mi neniam tre zorge rigardis ilin, komprenu, ili simple ekzistis ... Li serĉis vortojn kaj hezite daŭrigis: Ili simple estis kvazaŭ io, kio ĉiam restos, se vi komprenas, kion mi volas diri ... Kiel arboj, ĉu ne – aŭ objektoj ...

La homso denove eniĝis en sin mem. Post iom da tempo la Hemulo stariĝis kaj diris: Eble oni devus enlitiĝi. Morgaŭ estos alia tago. Li hezitis. La bela somera imago pri la suda gastoĉambro jam malaperis, nun li vidis nur la ŝtuparon, kiu kondukis supren al obskura subtegmenta etaĝo kun malplenaj ĉambroj. La Hemulo decidis dormi en la kuirejo.

Mi iros eksterdomen, murmuris Toft.

Li fermis la pordon malantaŭ si kaj haltis sur la kuireja ŝtuparo. Ekstere estis karbe nigre. La homso atendis, ĝis liaj okuloj alkutimiĝis al la manko de lumo, kaj poste li iris malrapide tra la ĝardeno. Lumanta blua koloro elstaris el la nokto, nun li atingis ĝin kaj rigardis rekte en la vitroglobon. Ĝi estis profunda kiel la maro kaj trafluata de longa, kapturna hulado. La homso Toft rigardis pli kaj pli profunde internen, li pacience atendis. Fine ekbrilis tre malforta punkto de lumo plej interne en la bluo. Ĝi ekbrilis kaj malaperis, ekbrilis kaj malaperis, en regulaj intertempoj kiel lumturo.

Kiel foraj ili estas, pensis Toft. La malvarmo penetris supren tra liaj kruroj, sed li restis, rigardante la lumon, kiu ekis kaj ĉesis, tiel malintensan ke oni apenaŭ povis vidi ĝin. Ŝajnis al li ke ili trompis lin.

En la kuirejo staris la Hemulo kun la lampo enmane, trovante ke estas laciga kaj malagrabla entrepreno serĉi matracon, trovi lokon, kien meti ĝin, malvesti sin kaj rekoni, ke ankoraŭ unu tago iĝis nokto. Kiel okazis ĉi tio? li pensis konsternite. La tutan tagon mi ja ege ĝojis. Kio do estis tiel simpla?

Dum la Hemulo miradis, la veranda pordo malfermiĝis, iu venis en la salonon kaj renversis seĝon.

Kion vi faras tie ene? demandis la Hemulo.

Neniu respondis. La Hemulo levis la lampon kaj kriis:

Kiu estas?!

Voĉo tre maljuna sekreteme respondis: Tion mi ne intencas rakonti al vi!

7

Li estis tre maljuna kaj facile forgesis. En unu malluma aŭtuna mateno li vekiĝis, forgesinte sian nomon. Estas iom melankolie forgesadi la nomojn de aliaj, sed nur agrable povi forgesi sian propran.

Li ne zorgis ellitiĝi sed dum la tuta tago permesis al novaj imagoj kaj pensoj alveni kaj foriri laŭplaĉe. Kelkfoje li iom dormis kaj denove vekiĝis kaj tute ne sciis, kiu li estas. Estis paca kaj tre ekscita tago.

Vespere li klopodis trovi propran nomon al si por povi ellitiĝi. Skrutulaĉo? Onkloskronklo? Onkloskruto? Rubulavo? Avoĉjo …?

Ekzistas ege multaj, kiuj estas prezentataj sed tuj poste perdas sian nomon. Ili venas dimanĉe. Ili krias ĝentilajn demandojn, ĉar ili neniam povas enkapigi al si ke oni ne estas surda. Ili klopodas paroli kiel eble plej simple, por ke oni komprenu, pri kio temas. Ili diras bonan nokton kaj iras hejmen al si kaj ludas kaj dancas kaj kantas ĝis la sekva mateno. Ili estas parencoj.

Mi estas Onkloskruto, li solene flustris. Kaj nun mi ellitiĝos kaj forgesos ĉiujn familiojn en la tuta mondo.

Dum granda parto de la nokto Onkloskruto sidis ĉe sia fenestro, rigardante en la mallumon, li estis plena de atendo. Iu iris preter lia domo kaj rekte en la arbaron. Fenestro speguliĝis en la akvo trans la golfo. Eble oni festis, eble ne. La nokto malrapide pasis, dum Onkloskruto atendis tion, kion li volas.

Kaj iam en la matena mallumo li sciis ke li volas vojaĝi al valo, kie li estis antaŭ tre longe. Troviĝis eblo ke li nur aŭdis pri tiu valo aŭ eble legis pri ĝi, sed tio ja estis egala. La plej grava afero estis la rivereto kiu fluis tra la valo. Aŭ eble ĝi estis riverego? Sed tute certe ne rivero. Onkloskruto decidis ke ĝi estas rivereto, li multe pli ŝatis riveretojn ol riverojn. Klara, fluanta rivereto. Li sidis sur la ponto, svingante la krurojn, kaj rigardis fiŝetojn, kiuj naĝis unu preter la alia. Neniu demandis, ĉu li ne devus enlitiĝi. Neniu demandis, kiel li fartas, kaj poste komencis paroli pri aliaj aferoj, sen doni al li tempon pripensi, ĉu li fartas bone aŭ malbone. Ĝi estis loko, kie oni ludas kaj kantas dum la tuta nokto, kaj kie Onkloskruto estas la lasta, kiu hejmeniras en la tagiĝo.

Onkloskruto ne tuj ekiris. Li jam lernis la gravecon prokrasti tion, kio estas dezirata, kaj li sciis ke ekskurso en la malcertaĵon devas esti preparata kun zorgemo.

Dum pluraj tagoj Onkloskruto vagis inter la montetoj ĉirkaŭ la longa malhela golfo, li sinkis pli kaj pli profunde en sian forgeson kaj sentis ke la valo pli kaj pli alproksimiĝas.

La lastaj ruĝaj kaj flavaj folioj forlasis la arbojn kaj amasiĝis ĉirkaŭ liaj piedoj, dum li paŝis (Onkloskruto ankoraŭ havis tre bonajn krurojn), kaj de temp' al tempo li haltis por levi belan folion per la promenbastono, dirante al si: Jen acero. Tion mi ne forgesos. Onkloskruto tre bone sciis, kion li volas konservi.

Dum tiuj tagoj li sukcesis forgesi amason. Ĉiumatene li vekiĝis en la sama sekreta atendo kaj tuj ekis forgesi, por ke la valo alproksimiĝu. Neniu ĝenis lin, neniu rakontis al li, kiu li estas.

Onkloskruto trovis korbon sub la lito kaj pakis ĉiujn siajn medikamentojn kaj la etan konjakon por la stomako. Li ŝmiris ses buterpanojn kaj sukcese trovis sian ombrelon. Li preparis fuĝon, li fuĝos de la hejmo.

Dum la paso de jaroj multaj aferoj amasiĝis surplanke ĉe Onkloskruto. Ekzistas tiom da aĵoj, kiujn oni ne zorgas levi, kaj tiom da motivoj ne levi ilin. Tiuj objektoj kuŝis disŝutite kiel insuloj, arkipelago el neneceso kaj perdo. Pro malnova kutimo li paŝis super ili kaj ĉirkaŭ ili, kaj ili donis certan eksciton al la ĉiutaga vagado tra la ĉambro, kaj samtempe senton de ripeto kaj konserviĝo. Nun Onkloskruto decidis ke ili ne plu estas bezonataj. Li prenis balailon kaj lasis ŝtormon trairi la ĉambron. Ĉion, manĝorestaĵojn, perditajn pantoflojn, polvotufojn, forruliĝintajn pilolojn, forgesitajn memorlistojn, kulerojn kaj forkojn, butonojn kaj nemalfermitajn leterojn, ĉion li balais en amason. Kaj el la granda amaso Onkloskruto plukis ok parojn da okulvitroj, kiujn li metis en sian korbon, pensante: Mi rigardos tute novajn aferojn.

Nun la valo estis tute proksima, ĝuste trans la angulo, kaj li sentis ke ankoraŭ ne estas dimanĉo.

Vendrede aŭ sabate Onkloskruto forlasis sian domon, kaj kompreneble li ne povis rezigni skribi adiaŭan leteron: «Nun mi foriras kaj mi fartas bonege», li skribis. «Mi aŭdis ĉion, kion vi diris de cent jaroj, ĉar mi tute ne estas surda, kaj mi scias ke vi senĉese kaŝe festadis.» Neniu subskribo.

Poste Onkloskruto surmetis la noktomantelon kaj la gamaŝojn, li levis sian korbeton, li malfermis sian pordon kaj poste enfermis cent malnovajn jarojn, kaj kun la forto de sia emo kaj sia nova nomo li paŝis rekte norden al la feliĉa valo, kaj neniu ĉe la golfo sciis ke li foriras. Ruĝaj kaj flavaj folioj flugis ĉirkaŭ lia kapo, kaj fore inter la montetoj alvenis nova granda aŭtuna pluvo por forlavi la lastan el ĉiuj aferoj, kiujn li ne volis memori.

8

La vizito de Filifjonkino al Muminvalo estis iom prokrastita, ĉar ŝi ne povis decidi, ĉu sekurigi kontraŭ tineoj aŭ ne. Tia sekurigo estas grava afero, kun aerumado kaj brosado kaj ĉio cetera, se ne paroli pri la vestoŝrankoj mem, kiujn oni devas lavi per sodo kaj sapo. Sed tuŝante lavbroson aŭ viŝtukon, Filifjonkino tuj ekhavis kapturnon, kaj vertiĝa sento de teruro leviĝis en ŝia stomako kaj haltis en la gorĝo. Ŝi ne povis purigi, tio ne eblis. Ne post tiu fenestrolavado.

Sed ĉi tio ja ne eblas, pensis la kompatinda Filifjonkino. La tineoj formanĝos ĉion, kion mi posedas!

Ŝi ja ne sciis, kiel longe daŭros ŝia vizito. Se ŝi ne bonfartos tie, la afero povos finiĝi en du-tri tagoj. Sed se estos plezure, do kial ne monato? Kaj se estos monato, ĉiuj ŝiaj vestaĵoj povus esti plenaj de tineoj kaj peltolaŭsoj, kiam ŝi revenos hejmen. Kun teruro ŝi imagis iliajn etajn makzelojn manĝi tra la roboj, tapiŝoj – kaj la malican ĝojon, kiam ili trovos la vulpofelan boaon!

Fine Filifjonkino tiel laciĝis kaj paraliziĝis pro la ne-kapablo decidi, ke ŝi simple prenis sian valizon, ĵetis la boaon ĉirkaŭ la kolon, ŝlosis la domon kaj ekiris.

Muminvalo situis ne fore de ŝia propra valo, sed kiam ŝi alvenis, la valizo estis peza kiel ŝtono, kaj la ŝuoj premis. Ŝi iris rekte al la verando kaj frapetis, atendis iomete kaj plu-iris en la salonon.

Filifjonkino tuj vidis ke ĝi delonge ne estas purigita. Ŝi demetis la kotonan ganton kaj glitigis la fingron laŭ la kahelforna friso, kaj fariĝis blanka strio tra la grizo. Ĉi tio ne eblas, Filifjonkino flustris, kaj ekscita tremo trairis ŝin. Simple ĉesi purigi, libervole ... Ŝi demetis la valizon kaj iris al la fenestro. Ankaŭ tiu estis malpura, la pluvado jam faris longajn malĝojajn striojn sur la vitro. Nur kiam Filifjonkino trovis ke la kurtenoj estas forigitaj, ŝi komprenis ke la familio entute ne estas hejme. Ŝi vidis ke la lustro estas vualita per tulo. Kaj subite la malvarma odoro de la forlasita domo atakis ŝin el ĉiuj direktoj, kaj ŝi sentis sin ĝisfunde trompita. Ŝi malfermis la valizon kaj eligis la porcelanan vazon, la donacon al la patrino de Mumintrolo, kaj sur-tabligis ĝin. Jen ĝi nun staris, kiel muta riproĉo. Ĉie estis terure silente.

Subite Filifjonkino kuris en la supran etaĝon. Tie estis eĉ pli malvarme, la senmova malvarmo de somera domo ferm-ita por la vintro. Ŝi malfermegis unu pordon post la alia, ĉiuj

ĉambroj estis malplenaj kaj duonobskuraj kun mallevitaj rulkurtenoj, ŝi pli kaj pli timis kaj komencis malfermi la vestejojn, ŝi provis malfermi la vestoŝrankon, sed ĝi estis ŝlosita, kaj tiam ŝi iĝis tute ekster si kaj batadis la ŝrankon ambaŭmane, ŝi kuris plu al la subtegmenta kamero kaj ŝir-malfermis la pordon.

Kaj tie sidis eta homso, kiu gapis al ŝi, li havis grandan libron en la brakoj kaj aspektis timanta.

Kie ili estas? Kie ili estas?! kriis Filifjonkino.

La homso lasis la libron kaj rampis internen al la muro, sed flarante la odoron de la fremda ekscitita filifjonkino, li komprenis ke ŝi ne estas danĝera. Ŝi odoris je timo. Li diris: Mi ne scias.

Sed mi ja venis por viziti ilin! ekkriis Filifjonkino. Mi kunportis donacon. Belegan vazon. Ne eblas ke ili tutsimple transloĝiĝis, sen eĉ unu vorto!

La homseto nur skuis la kapon kaj plu rigardis ŝin fikse. Tiam Filifjonkino fermis la pordon kaj foriris.

La homso Toft rampis reen al la plot-reto, kiu kuŝis volvite sur la planko, li faris al si novan komfortan kavon kaj legis plu. Ĝi estis tre granda kaj dika libro, kiu havis nek komencon nek finon, kaj la paĝoj estis flaviĝintaj kaj iomete ronĝitaj de rato ĉe la rando. La homso ne kutimis legi kaj bezonis longan tempon por traliterumi ĉiun linion. Li ankoraŭ esperis ke la libro rakontos al li, kial la familio for-iris, kaj kie ĝi troviĝas. Sed la libro parolis pri tute aliaj aferoj, pri strangaj bestoj kaj malhelaj pejzaĝoj, kaj nenio havis nomon, kiun li povis rekoni. La homso neniam antaŭe sciis ke plej sube en la mara profundaĵo loĝas radiolarioj kaj la plej lastaj numulitoj. Unu el la numulitoj ne similis siajn parencojn, li havis trajton de noktiluko, kaj baldaŭ li similis nenion alian ol sin mem. Evidente li estis tre malgranda kaj eĉ pli malgrandiĝis, kiam li ektimis.

«Ni ne povas eviti miri», legis Toft, «pri ĉi kurioza vari-anto de l' grupo Protozooj. La kaŭzo de ĝia eksterordinara evolucio k, kompreneble eskapas ĉiujn eblojn de fakta pri-juĝado, sed ni havas motivon supozi ke elektra ŝargo estis decida vivkondiĉo. Dum tiu tempo la ofteco de elektraj ŝtormoj estis tre granda, la postglaciaj montaroj jam pli frue priskribitaj senĉese elmetiĝis al la violento de tiuj ŝtormoj, kaj la proksima maro estis ŝargita de ties energio.»

La homso Toft lasis la libron malaltiĝi. Li ne precize kom-prenis, pri kio oni parolas, kaj la frazoj estis ege longaj. Sed li trovis la strangajn vortojn belaj, kaj li neniam antaŭe havis propran libron. Li kaŝis ĝin sub la plot-reto kaj kuŝis pensante sen moviĝi. Sub la rompita tegmenta fenestro pendis eta vesperto, dormante kun la kapo suben.

Nun la akra voĉo de Filifjonkino aŭdiĝis de ekstere en la ĝardeno, ŝi jam trovis la Hemulon.

La homso Toft pli kaj pli dormemiĝis. Li provis rakonti al si mem pri la feliĉa familio, sed tio ne prosperis. Tiam li anstataŭe rakontis pri la soleca besto, la eta numulito kiu havis trajton de noktiluko kaj ŝatis elektron.

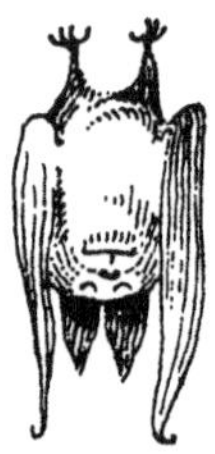

9

Rekte tra la arbaro venis Mimlino, kaj ŝi pensis: Sentiĝas agrable esti mimlino. Mi bonfartas de supre suben ĝis la piedfingroj.

Ŝiaj longaj kruroj kaj ruĝaj botoj plaĉis al ŝi. Supre sur ŝia kapo sidis la fiera mimla hararanĝo, brila kaj streĉita kaj milde flavruĝa kiel eta bulbo. Ŝi paŝis tra marĉoj kaj trans montojn kaj malsupren tra la profundaj valetoj, kiujn la pluvado transformis en verdajn subakvajn pejzaĝojn; ŝi paŝis rapide, kaj kelkfoje ŝi kuris por senti, kiel malpeza kaj svelta ŝi estas.

Mimlino ekhavis emon renkonti sian fratineton Mim, kiun adoptis la Muminfamilio antaŭ sufiĉe longa tempo. Ŝi imagis al si ke Mim restas same afereca kaj kolerema kiel antaŭe kaj ankoraŭ sufiĉe malgranda por kuŝi en kudro-korbo.

Kiam Mimlino alvenis, Onkloskruto sidis sur la ponto, fiŝante per naseto el dratreto. Li estis vestita en nokta mantelo, gamaŝoj kaj ĉapelo, kaj super la tuto li tenis ombrelon. Mimlino neniam antaŭe vidis lin de proksime, ŝi observis lin zorge kaj kun certa intereso. Li estis surprize malgranda.

Mi ja scias, kiu vi estas, li diris. Kaj mi estas Onkloskruto kaj neniu alia! Kaj mi scias ke vi ĉiuj kaŝe festas, ĉar lumas el viaj fenestroj dum la tuta nokto!

Se vi kredas tion, vi kredos ĉion ajn, respondis Mimlino senzorge. Ĉu vi vidis Etan Mim?

Onkloskruto levis sian naseton. Ĝi estis malplena.

Kie estas Mim? demandis Mimlino.

Ne kriu! laŭtis Onkloskruto. Mi havas tre bonajn orelojn, kaj la fiŝoj povas ektimi kaj naĝi for!

Tion ili faris jam antaŭlonge, diris Mimlino kaj kuris plu. Onkloskruto elsnufis kaj pli retiriĝis sub sian ombrelon. Lia rivereto ĉiam antaŭe estis plena de fiŝoj. Li rigardis suben en la brunan akvon, kiu fluegis sub la ponton en brila, ŝvelinta amaso, ĝi kunportis mil drivantajn kaj duone dronigitajn aferojn, kiuj preterflosis kaj estis forportataj, senĉese pretere kaj foren ... Ekdoloris al la okuloj de Onkloskruto, li fermis ilin por povi vidi sian propran rivereton, kiu estis klara rivereto kun sabla fundo kaj rapidaj brilaj fiŝoj ...

Jen estas io, kio ne akordas, pensis Onkloskruto maltrankvile. La ponto estas ĝusta, ĝi estas la bona ponto. Sed mi mem estas tute nova ... Liaj pensoj forflosis kaj li endormiĝis.

En la verando sidis Filifjonkino kun plejdoj ĉirkaŭ la kruroj. Ŝi aspektis kiel se ŝi posedus la tutan valon sed ne tre ĝojus pro tio.

Saluton, diris Mimlino. Ŝi tuj vidis ke la domo estas malplena.

Bonan tagon, respondis Filifjonkino kun la malvarmeta komplezemo, kiun ŝi uzadis al mimlinoj. Ili foriris. Sen unu vorto. Oni devas esti kontenta ke almenaŭ la pordo ne estas ŝlosita!

Ili neniam ŝlosas, diris Mimlino.

Ili ja ŝlosas, flustris Filifjonkino, klinante sin antaŭen, konfide. Ili ŝlosis. La vestoŝranko supre estas ŝlosita! Kompreneble tie ili havas siajn valoraĵojn, ĉion kion ili domaĝas!

Mimlino rigardis Filifjonkinon, ŝiajn timemajn okulojn kaj ĉiujn malmolajn buklojn, el kiuj ĉiu estis traigita de har-

pinglo, kaj la vulpofelan boaon, kiu mordis al si la voston. Filifjonkino neniel ŝanĝiĝis. Nun venis la Hemulo laŭ la ĝardena pado, li rastis foliojn. Post li kuris eta homso, kiu kolektis la foliojn en korbo.

Saluton, diris la Hemulo. Nu, do ankaŭ vi estas ĉi tie.

Kiu estas tiu, demandis Mimlino.

Mi kunportis donacon, diris Filifjonkino malantaŭ ŝi.

Homso, klarigis la Hemulo. Li iomete helpas min en la ĝardeno.

Tre belan porcelanan vazon por Muminpatrino! diris Filifjonkino akre.

Ĉu vere, diris Mimlino. Kaj vi rastas foliojn.

Mi igas la lokon agrabla, konsentis la Hemulo.

Subite kriis Filifjonkino: Oni devas ne tuŝi malnovajn foliojn! Ili estas danĝeraj! Ili estas plenaj de putro! Ŝi kuris antaŭen tra la verando, trenante post si la plejdojn. Bakterioj! ŝi kriis. Vermoj! Raŭpoj! Rampuloj! Ne tuŝu ilin!

La Hemulo rastis plu. Lia obstina kaj senkulpa vizaĝo ĉifiĝis, kaj li paŭte ripetis: Mi igas la lokon agrabla por Muminpatro.

Mi scias, pri kio mi parolas, diris Filifjonkino minace kaj alproksimiĝis. Mimlino rigardis ilin. Malnovaj folioj? ŝi pensis. Kiel kelkaj uloj strangas … Ŝi iris en la domon kaj supren en la subtegmentan etaĝon. Tie estis tre malvarme. La suda gastoĉambro estis sama kiel antaŭe, la blanka komodo, la paliĝinta bildo de iama ŝtormo, la blua litkovrilo kun molanasa lanugo. La akvokruĉo estis malplena kaj havis mortintan araneon surfunde. Meze sur la planko staris la valizo de Filifjonkino, kaj sur la lito kuŝis rozkolora noktoĉemizo.

Mimlino enportis la valizon kaj la noktoĉemizon en la nordan gastoĉambron kaj fermis la pordon post ili. La suda gastoĉambro estis por ŝi, same certe kiel tio ke ŝia propra malnova kombilo kuŝis sub la tuko el gofrita ŝtofo surkomode. Ŝi levis la tukon, la kombilo restis. Mimlino sidiĝis ĉefenestre, malligis sian longan belan hararon kaj komencis kombi sin. Sube daŭris la matena kverelo, sensone trans fermitaj fenestroj.

Mimlino kombis, kombadis, la haroj kraketis pro etaj elektraj sparkoj kaj fariĝis ĉiam pli kaj pli brilaj, ŝi distrite rigardis la grandan ĝardenon, kiun la aŭtuno ŝanĝis kaj transformis en fremdan kaj forlasitan pejzaĝon. La arboj similis grizajn kulisojn, ekranojn, kiuj staris unu post la alia en la pluva nebulo, tute malplenaj. La sensona kverelo antaŭ la verando daŭris. Ili svingis la manojn, ili kuris iom

tien kaj iom reen, ili estis same malrealecaj kiel la arboj. Krom la homso. Li staris senmova, gapante al la tero.

Nun larĝa ombro malaltiĝis sur la valon, tio estis nova pluvo alvenanta. Kaj jen venis Snufmumriko, paŝante sur la ponto. Estis li, neniu alia havis tiel verdan veston. Li haltis ĉe la siringoj kaj rigardis. Poste li alproksimiĝis, nun paŝante alimaniere, tre malrapide. Mimlino malfermis la fenestron.

La Hemulo jam forĵetis la rastilon.

Oni ordigas, ordigadas, li diris.

Kaj Filifjonkino diris rekte en la aeron:

Estis tute alia afero en la tempo de Muminpatrino.

La homso rigardis ŝiajn ŝuojn, li vidis ke ili estas tro striktaj. Nun alvenis la pluvo. La lasta mizera folio forlasis sian branĉon kaj sinkis super la verando; jam pluvis pli kaj pli intense.

Saluton, diris Snufmumriko.

Ili rigardis unu la alian.

Ŝajne pluvas, diris Filifjonkino nervoze. Neniu estas hejme.

Kaj la Hemulo diris: Kiel bone ke vi alvenis.

Snufmumriko faris malprecizan geston, hezite, li retir-
iĝis sub la ombron de sia ĉapelo. Li turnis sin kaj reiris mal-
supren al la rivero. La Hemulo kaj Filifjonkino postsekvis.
Ili staris iom fore, atendante dum li starigis sian tendon
apud la ponto, ili vidis lin enrampi en la tendon.

Kiel bone ke vi alvenis, ripetis la Hemulo.

Dum kelka tempo ili restis, atendante en la pluvo.

Li dormas, flustris la Hemulo. Li estas laca.

Mimlino vidis ilin reveni al la domo. Ŝi fermis la fenestron
kaj zorge aranĝis sian hararon en streĉitan kaj belan
hartubereton.

Nenio tiel agrablas kiel senti sin bone, kaj nenio tiel
facilas. Mimlino ne kompatis tiujn, kiujn ŝi renkontis kaj
poste forgesis, kaj ŝi neniam provis enmiksiĝi en tion, pri
kio ili okupiĝas. Ŝi rigardis ilin kaj iliajn implikaĵojn kun
amuzita surpriziĝo.

La litkovrilo kun molanasa lanugo estis blua. Dum ses
jaroj Muminpatrino kolektis molanasan lanugon, kaj nun la
kovrilo kuŝis en la suda gastoĉambro sub sia superkovrilo
el kroĉetita punto, atendante tiun, kiu volas senti sin bone.
Mimlino decidis havi varmigan kusenon ĉe la piedoj, ŝi
sciis, kie troviĝas la varmiga kuseno de la domo. Ĉiun
kvinan tagon ŝi lavos la harojn per pluvakvo. Kiam alvenos
la krepusko, ŝi dormos kelkan tempon. Kaj vespere la
kuirejo estos varma pro kuirado.

Eblas kuŝi sur ponto, vidante la akvon preterflui. Aŭ kuri,
aŭ vadi tra marĉo per siaj ruĝaj botoj. Aŭ kunvolvi sin,

aŭskultante la pluvon sur la tegmento. Estas tre facile senti sin bone.

La novembra tago malrapide proksimiĝis al sia krepusko. Mimlino eniĝis sub la litkovrilon kun molanasa lanugo, ŝi etendis siajn krurojn tiel ke ili kraketis kaj fleksis la piedfingrojn ĉirkaŭ la varmiga botelo. Ekstere pluvis. Post kelkaj horoj ŝi estos konvene malsata por la vespermanĝo de Filifjonkino kaj eble emos interparoli. Nun ŝi devis fari nenion ajn krom profundiĝi en sian varmon; la tuta mondo estis nur granda mola litkovrilo, kiu fermiĝis ĉirkaŭ mimlino, kaj ekstere troviĝis ĉio alia. Mimlino neniam sonĝis. Ŝi dormis, kiam ŝi dormemis, kaj vekiĝis kiam indis vekiĝi.

10

En la tendo estis mallume. Snufmumriko eliĝis el sia dorm-sako, la kvin mezuroj ne alproksimiĝis. Eĉ ne spuro de muziko. Ekstere estis tute silente, la pluvo jam ĉesis. Li decidis friti porkaĵon kaj iris al la ŝtipejo por preni brul-lignon.

Kiam la fajro ekbrulis, la Hemulo kaj Filifjonkino revenis al la tendo, ili staris rigardante sed nenion diris.

Snufmumriko demandis: Ĉu vi jam vespermanĝis?

Ni ne povas, respondis la Hemulo. Ni ne povas inter-konsenti, kiu lavos la manĝilaron.

La homso, diris Filifjonkino.

Ne, ne la homso, diris la Hemulo. Li iom helpas min ĝardene. Filifjonkino kaj Mimlino devas mastrumi, ĉar ili estas inoj, ĉu ne? Ĉu mi ne pravas? Mi kuiras kafon kaj igas la lokon agrabla. Kaj Onkloskruto estas tiel maljuna ke mi lasas lin fari, kion ajn li volas.

Hemuloj ĉiam volas ordigi, ordigadi! ekkriis Filifjonkino.

Ili ambaŭ rigardis Snufmumrikon, time kaj rekte.

Lavi la manĝilaron, li pensis. Ili scias nenion. Lavi, tio estas flugigi teleron en rivereton, tio estas enakvigi la manojn, tio estas forĵeti verdan folion, tio estas nenio. Pri kio ili parolas?

Ĉu ne estas tiel, ke hemuloj ĉiam volas ordigi, ordigadi? demandis Filifjonkino. Ĉi tio gravas!

Snufmumriko stariĝis, li iomete timis ilin. Li klopodis trovi ion por diri, sed nenio ŝajnis klariga kaj justa.

Subite la Hemulo kriis:

Mi ordigos nenion! Mi volas loĝi en tendo kaj esti libera!

Li bruske malfermis la tendan enirejon kaj enrampis, li plenigis la tutan tendon.

Jen vi vidas, kiel estas, flustris Filifjonkino.

Ŝi iom atendis, poste ŝi foriris.

Snufmumriko levis la paton de la fajro, la porkaĵo estis nigra. Li ŝtopis sian pipon. Post iom li delikate demandis: Ĉu vi kutimas dormi en tendo?

La Hemulo malgaje respondis: Mi ŝatas vivon en la naturo pli ol ion ajn alian.

Nun estis tute mallume. Sed supre en la mumindomo lumis du fenestroj, kaj la lumo estis same stabila kaj milda kiel en la iamaj vesperoj.

En la norda subtegmenta ĉambro kuŝis Filifjonkino kun la feltkovrilo tuj sub la nazo kaj la kapo plena de papilotoj, kiuj dolorigis ŝian nukon. Ŝi kalkulis nodotruojn en la plafono, kaj ŝi malsatis.

Ĉiam, ekde la komenco, Filifjonkino pensis ke ŝi kuiros. Plaĉis al ŝi aranĝi manĝobretojn kun etaj bokaloj kaj sakoj en belaj vicoj, ŝi trovis amuze elpensi novajn manierojn kaŝi malnovajn restaĵojn en pudingoj kaj krokedoj, tiel ke neniu rekonos ilin. Ŝi amis kuiri kiel eble plej avare, sciante ke eĉ ne la plej eta semola grajno perdiĝas.

La granda gongo de la familio pendis en la verando. Filifjonkino ĉiam sopiris esti tiu, kiu proklamas la vesper-manĝon per sonanta latuno, gong gong en la tutan valon, ĝis ĉiuj alkuras, kriante: Manĝo! Manĝo! Kion vi hodiaŭ havas por ni? Ho, kiel ni malsatas!

La okuloj de Filifjonkino eklarmis. La Hemulo forprenis de ŝi la tutan plezuron. Ŝi ankaŭ lavus la manĝilaron, volonte, se ŝi nur rajtus mem elpensi tion. Filifjonkino devas mastrumi ĉar ŝi estas ino. Ha! Kaj kun Mimlino, krome.

Filifjonkino estingis la lampon, por ke ĝi ne brulu ne-necese, kaj tiris la kovrilon super la kapon. Io knaris en la subtegmenta ŝtuparo. Ŝi aŭdis mallaŭtan, mallaŭtegan tintadon de sube en la salono. Ie en la malplena domo ferm-iĝis pordo. Kiel povas troviĝi tiom da sonoj en malplena domo? pensis Filifjonkino. Poste ŝi memoris ke la domo estas plena de vizitantoj. Sed iel ĝi ankoraŭ ŝajnis al ŝi mal-plena.

Onkloskruto kuŝis sur la salona sofo kun la nazo en la plej bela velura kuseno. Li aŭdis iun ŝteliri en la kuirejon, kie tintis io vitra, tre mallaŭte. Li eksidis en la mallumo kun streĉitaj oreloj, pensante: Ili festas.

Nun denove estis tute silente. Onkloskruto ekpaŝis sur la malvarman plankon kaj ŝteliris al la kuireja pordo. Ankaŭ la kuirejo estis malluma, sed sub la pordo de la manĝo-provizejo videblis strio da lumo.

Aha, pensis Onkloskruto. Ili kaŝis sin en la provizejo. Li ektire malfermis la pordon, kaj tie sidis Mimlino, manĝante peklitajn kukumojn; apud si surbrete ŝi havis du brulantajn kandelojn.

Do vi ekhavis la saman ideon, ŝi diris. Jen vi trovos la kukumojn kaj tie estas cinamaj biskvitoj. Ĉi tio estas pikloj, tion vi ne prenu. Ili estas akraj por la stomako.

Onkloskruto tuj prenis la piklojn kaj ekmanĝis. Li ne trovis ilin bongustaj sed manĝis plu malgraŭ tio.

Post iom diris Mimlino: Via stomako ne toleros piklojn. Vi eksplodos kaj mortos tuj.

Oni ne mortas en sia libertempo, diris Onkloskruto gaje. Kion ili havas en la supujo?

Piceajn pinglojn, respondis Mimlino. Ili plenigas la stomakon per pingloj antaŭ ol ekvintrodormi. Ŝi levis la kovrilon kaj diris: Ŝajne la prapatro glutis la plimulton.

Kiu prapatro? demandis Onkloskruto kaj nerimarkeble transiris al kukumoj.

Tiu en la kahelforno, klarigis Mimlino. Li aĝas tricent jarojn, kaj nun li vintrodormas.

Onkloskruto diris nenion. Li klopodis pripensi, ĉu plaĉas al li aŭ ofendas lin ke ekzistas iu pli maljuna ol li mem. La afero tre interesis lin, do li decidis veki la prapatron por konatiĝi kun li.

Aŭskultu, diris Mimlino. Ne indas provi veki lin. Li vekiĝos nur en aprilo. Nun vi jam formanĝis duonon el la kukumujo.

Onkloskruto plenblovis la vangojn kaj sulkis la nazon, li enpoŝigis kelkajn kukumojn kaj cinamajn biskvitojn, prenis unu kandelon kaj paŝetis reen en la salonon. Li metis la kandelon surplanken antaŭ la kahelforno kaj malfermis la pordetojn. Ene estis nur mallumo. Onkloskruto enigis la kandelon en la kahelfornon kaj denove rigardis. Nenio krom papera slipo kaj iom da fulgo falinta el la kamentubo.

Ĉu vi estas tie? li kriis. Vekiĝu! Mi volas vidi, kiel vi aspektas! Sed la prapatro ne respondis; li vintrodormis kun piceaj pingloj en la stomako.

Onkloskruto elprenis la slipon kaj konstatis ke ĝi estas letero. Li sidiĝis surplanke kaj provis memori, kie li havas siajn okulvitrojn. Tio ne prosperis al li. Tiam Onkloskruto

64

kaŝis la slipon en sekura loko, blovestingis la kandelon kaj reeniĝis sub la kusenojn.

Mi scivolas, ĉu la prapatro rajtas partopreni, kiam ili festas, li severe pensis. Ĉiuokaze mi havis tre plezuran tagon. Ĝi estis tute mia propra.

La homso Toft kuŝis en la subtegmenta kamero, legante en sia libro. La kandelo apud li lumigis etan cirklon de sekuro en la granda fremda domo.

«Kiel ni jam pli frue aludis», legis la homso, «tiu stranga specio kolektis sian forton per la elektraj malŝargiĝoj, kiuj regule okazis en la valoj, tralumante la nokton per blankaj kaj violkoloraj lumoj. Ni povas imagi al ni, kiel la lasta individuo el la formortonta specio de numulitoj alproksimiĝas al la surfaco, kiel li serĉas sian vojon en la senfinajn marĉejojn de l' pluvarbaroj, kie fulmoj speguliĝas en la vezikoj leviĝantaj el la ŝlimo, kaj kiel li finfine forlasas sian originan elementon.»

Li sendube estis sufiĉe soleca, pensis Toft. Li malsimilis ĉiujn aliajn, kaj lia familio ne zorgis pri li, do li foriris. Mi scivolas, kie li nun estas, kaj ĉu mi iam vidos lin. Eble li montros sin, se mi rakontos sufiĉe klare.

La homso Toft diris: Fino de l' ĉapitro, kaj estingis la lumon.

11

En la longa malpreciza tagiĝo, dum la novembra nokto trans-
iris en matenon, nebulo envenis de la maro. Ĝi ruliĝis supren
sur la montojn kaj glitis suben en la valojn transmonte kaj
plenigis ilin ĝisrande. Snufmumriko antaŭvidis vekiĝi frue
por havi kelkajn horojn kun si mem. Lia fajro delonge
finbrulis, sed li ne frostis. Li konis la simplan sed maloftan
arton konservi sian propran varmon, li kolektis ĝin ĉirkaŭ si,
kuŝante tute sen moviĝi, kaj li zorge evitis sonĝi.

La nebulo kunportis absolutan silenton, la valo estis sen-
mova.

Snufmumriko vekiĝis same rapide kiel besto, tute mal-
dorma. La kvin mezuroj jam venis pli proksimen.

Bone, li pensis. Tason da nigra kafo, kaj mi havos ilin. (Li
devus preterlasi la kafon.)

La matena fajro ekflamis. Snufmumriko plenigis la kafo-
kruĉon per rivera akvo kaj metis ĝin super la fajron, poste li
faris paŝon malantaŭen kaj falis teren sur la rastilon de la
Hemulo. Dum terura klaktintado lia kaserolo ruliĝis mal-
supren laŭ la riverbordo, la Hemulo eltendigis sian grandan
nazon kaj diris: Saluton!

Saluton al vi, diris Snufmumriko.

La Hemulo krablis al la fajro kun la dormsako ĉirkaŭ la
kapo, li frostis kaj dormemis sed firme decidis esti bon-
humora. Vivo en la naturo! li diris.

Snufmumriko gardis la kafon.

Tamen imagu, daŭrigis la Hemulo. Imagu, aŭdi ĉiujn
sekretajn sonojn de la nokto en vera tendo! Vi hazarde ne
havas ion, kio efikas kontraŭ trablovo en la orelon, ĉu?

Ne, diris Snufmumriko. Ĉu vi volas ĝin kun sukero aŭ
sen?

Kun sukero, prefere kvar, respondis la Hemulo. Nun lia
antaŭa flanko komencis varmiĝi, kaj lia sakra dorso ne plu
tiel doloris. La kafo estis varmega.

Vi estas simpatia pro tio ke vi diras tiel malmulte, diris la
Hemulo konfideme. Oni pensas ke vi estas ege saĝa, ĉar vi
nenion diras. Oni ekdeziras paroli pri sia boato.

La nebulo jam leviĝis, tute malrapide. Ĉirkaŭ ili aperis
iom post iom la nigra malseka tero kaj la grandaj ŝuoj de la
Hemulo, sed lia kapo ankoraŭ estis en nebulo. Ĉio estis
flanke de la kutimo, krom la oreloj, la kafo varmigis lian
stomakon, kaj subite li sentis sin senzorga kaj petola kaj
diris:

Ni komprenas unu la alian, vi kaj mi. Aŭskultu. La boato de la patro kuŝas ĉe la bandoma ponteto. Tie ĝi kuŝas, ĉu ne?

Kaj ili memoris la bandoman ponteton, kiu mallarĝa kaj soleca ŝanceliĝis en la maron sur malheliĝintaj fostoj, kaj ĉe ĝia fino la bandomon kun pinta tegmento, ruĝaj kaj verdaj fenestrovitroj kaj kruta ŝtupareto suben en la akvon.

Mi pensas ke la boato ne restas, diris Snufmumriko kaj demetis la tason. Li pensis: Ili forvelis. Mi ne emas paroli pri ili kun ĉi tiu hemulo. Sed la Hemulo klinis sin antaŭen kaj diris serioze: Ni devas iri esplori. Nur vi kaj mi, tiel ŝajnas plej bone.

Ili ekiris en la nebulon, kiu leviĝis kaj fordrivis. En la arbaro la nebulo estis senfina blanka plafono portata de la nigraj kolonoj de arbotrunkoj, longa solena pejzaĝo farita por silento. La Hemulo pensis pri sia boato sed nenion diris. Li postsekvis Snufmumrikon ĝis la maro, kaj finfine ĉio jam refariĝis simpla kaj signifoplena.

La bandoma ponteto estis sama kiel antaŭe. La velboato estis for. La rulstangoj kaj la fiŝujo kuŝis super la alta akvolimo, kaj la malgranda boateto estis trenita eĉ en la arbaron. La nebulo ŝteliĝis for super la akvo, kaj ĉio estis same milda kaj griza, la strando kaj la aero kaj la silento.

Ĉu vi scias kiel mi sentas min? ekkriis la Hemulo. Mi sentas min tute – tute malkutima! Miaj oreloj ne plu doloras. Li ekhavis subitan emon konfidi sin, rakonti pri ĉiuj siaj provoj aranĝi, por ke ankaŭ aliuloj bonfartu, sed li estis embarasita kaj ne trovis la bezonatajn vortojn. Snufmumriko plupaŝis. Sur la tuta strando, kiel ajn foren oni vidis, kuŝis malhela

benko el ĉio, kion alportis alta akvo kaj ŝtormo, forĵetaĵoj kaj forgesaĵoj, amasigita sub fuko kaj kanoj, nigriĝinta kaj peza de akvo. La splita ligno estis plena de najloj kaj torditaj feraj krampoj. La maro jam formanĝis la strandon ĝis la unuaj arboj, kiuj havis marherbojn sur siaj branĉoj.

Blovadis, diris Snufmumriko.

Mi tiel multege klopodas, ekkriis la Hemulo malantaŭ li. Mi tiel multege volas.

Snufmumriko faris sian kutiman malprecizan sonon, kiu signifis ke li aŭskultis sed havas nenion por aldoni. Li suriris la bandoman ponteton. La sabla fundo sub la ponteto estis kovrita de bruna maso, kiu balanciĝis malrapide laŭ la moviĝoj de la maro; tio estis fuko kiun la ŝtormo disŝiris. La nebulo jam malaperis, subite, kaj ekzistis neniu pli dezerta strando sur la tuta tero.

Ĉu vi komprenas? demandis la Hemulo.

Snufmumriko mordis sian pipon, gapante suben en la akvon. Jes ja, li diris. Kaj post iom da tempo: Mi pensas ke oni devus ĉiam konstrui boatojn imbrike.

Mi pensas same, konsentis la Hemulo. Mia boato estas imbrike konstruita. Tio definitive estas la plej bona por boatoj. Kaj oni gudru ilin, ne vernisu, ĉu ne? Mi ĉiujare gudras mian boaton antaŭ ol ekveli. Aŭskultu. Ĉu vi povus helpi min pri unu afero? Temas pri la velo. Mi ne povas decidi, ĉu ĝi estu blanka aŭ ruĝa. Blanka ja ĉiam estas bona, klasika, ĉu ne, sed poste mi ekpensis pri ruĝa, tio estas iel aŭdaca. Kion vi opinias? Ĉu vi pensas ke tio ŝajnus provoka?

Ne, mi pensas ke ne, respondis Snufmumriko. Simple prenu ruĝan. Li estis dormema, li deziris nenion krom eniri en la tendon kaj fermi ĝin post si.

Dum la tuta vojo reen la Hemulo rakontadis pri sia boato. Estas strange pri mi, li diris. Mi sentas tian parencecon kun ĉiuj, kiuj ŝatas boatojn. Prenu la patron, ekzemple. En unu hela tago li hisas la velon kaj ekiras, tutsimple, ĉu ne? Tute libera. Sciu, kelkfoje mi trovas ke la patro kaj mi similas unu la alian. Nur iomete, tamen jes.

Snufmumriko faris sian malprecizan sonon.

Jes. Tio estas vera, diris la Hemulo kviete. Kaj ĉu ne kaŝiĝas tuta mondo da senco en tio ke la boato de la patro nomiĝas Aventuro?

Ili disiĝis apud la tendo.

Estis bona mateno, diris la Hemulo. Dankon ke mi havis okazon paroli.

Snufmumriko fermis post si. Lia tendo havis tiun verdan someran koloron, kiu pensigas onin ke ekstere estas sunbrilo.

Kiam la Hemulo ekiris supren al la domo, la mateno finiĝis. Nun la tago komenciĝis por la aliaj; ili sciis nenion pri tio, kion li ricevis donace. Filifjonkino malfermis sian fenestron por aerumi.

Bonan matenon! kriis la Hemulo. Mi dormis en tendo! Mi aŭdis ĉiujn sonojn de la nokto!

Kiujn sonojn? demandis Filifjonkino acide kaj sekurigis la fenestrohokojn.

La sonojn de la nokto, ripetis la Hemulo. Tio estas sonoj, kiujn oni aŭdas nokte ...

Ĉu vere, diris Filifjonkino.

Ŝi ne ŝatis fenestrojn, ili estas malsekuraj, oni neniam scias pri fenestroj, ili blovmalfermiĝas, ili frapfermiĝas ... La malvarmo de la norda subtegmenta ĉambro estis pli akra ol tiu ekstere. Frostetante ŝi sidiĝis antaŭ la spegulon por forigi la papilotojn el la haroj, dum ŝi pensis pri tio ke ŝi ĉiam loĝas ĉe la norda flanko, eĉ hejme ĉe si mem, nur pro tio ke por filifjonkino ĉio fariĝas misa. La haroj ankoraŭ ne tute sekiĝis, ne mirinde en ĉi tiu humido, la bukloj falis rekte suben kiel rektiĝintaj fornohokoj, ĉio estis misa, ĉiu afero, kaj la matena hararanĝo ja ege gravas, kaj krome kun Mimlino endome. La domo estis humida kaj malfreŝa, polva kaj aeruminda, trablovado tra ĉiuj ĉambroj kaj amasoj da varma akvo kaj grandega, mirinda, radikala granda pur-igado ...

Sed Filifjonkino apenaŭ pensis la vorton purigado, kiam kapturno kaj naŭzo trairis ŝin kiel ondo, kaj dum terura momento ŝi pendis super abismo. Ŝi sciis: Mi neniam plu povos purigi. Kiel mi povos vivi, se mi povos nek purigi nek kuiri? Ja ekzistas nenio alia farinda.

Tre malrapide Filifjonkino paŝis malsupren laŭ la ŝtup-aro. La aliaj sidis sur la veranda benko, trinkante kafon. Filifjonkino rigardis ilin. Ŝi rigardis la tuberan ĉapelon de Onkloskruto kaj la taŭzitan kapon de la homso, la fortikan nukon de la Hemulo, iom ruĝan pro la matena malvarmo, jen ili ĉiuj sidis, kaj la haroj de Mimlino estis, ho, kiel belaj

– kaj subite granda laceco superis Filifjonkinon, kaj ŝi
pensis: Sed ili ja tute ne ŝatas min.

Filifjonkino staris meze de la salono, rigardante ĉirkaŭ
si. La Hemulo jam streĉis la horloĝon kaj frapetis sur la

barometro. La mebloj staris sialoke, kaj ĉio, kio iam okazis en tiu salono, estis fermita kaj sigelita kaj ne volis akcepti ŝin.

Subite, rapide, Filifjonkino iris en la kuirejon por preni brullignon. Ŝi volis fari grandan fajron en la kahelforno por varmigi la forlasitan domon kaj ĉiujn, kiuj provis loĝi en ĝi.

Aŭskultu, vi ene, kiel ajn vi nomiĝas, kriis Onkloskruto ekster la tendo. Mi savis la prapatron! Mian amikon la prapatro! Ŝi forgesis ke li loĝas en la kahelforno. Kiel ŝi povis!? Kaj nun ŝi kuŝas plorante sur sia lito.

Kiu? demandis Snufmumriko.

Tiu kun la vulpa boao, kompreneble, ekkriis Onkloskruto. Ĉu ne estas terure!?

Ŝi sendube trankviliĝos, murmuris Snufmumriko en la tendo.

Onkloskruto surpriziĝis, li tre elreviĝis. Li batis la teron per la bastono kaj diris multajn insultajn aferojn en sia soleco, poste li iris al la ponto, kie Mimlino sidis kombante la harojn.

Ĉu vi vidis min savi la prapatron? li severe demandis. Ankoraŭ sekundo, kaj li forbrulus.

Sed li ne forbrulis, diris Mimlino.

Onkloskruto klarigis al Mimlino: Vi nuntempuloj ne komprenas grandajn eventojn. Vi havas malĝustajn sentojn. Vi eble eĉ ne admiras min. Li elakvigis sian naseton, kiu estis malplena.

Nur printempe la rivero enhavas fiŝojn, diris Mimlino.

Ĝi ne estas rivero sed rivereto, kriis Onkloskruto. Ĝi estas mia rivereto kaj ĝi plenplenas de fiŝoj!

Aŭskultu, Onkloskruto, diris Mimlino trankvile. Ĉi tio estas nek rivereto nek riverego, ĝi estas rivero. La familio nomas ĝin la riverego, do ĝi nomiĝas la riverego. Nur mi vidas ke ĝi estas rivero. Kial vi kaj la aliaj kverelas pri aferoj, kiuj ne ekzistas, kaj aferoj kiuj neniam okazis?

Por pli amuzigi la aferojn! respondis Onkloskruto.

Mimlino kombis, kombadis sin, la kombilo susuris kiel akvo sur sablostrando, en ondo post ondo, pigre kaj indiferente.

Onkloskruto stariĝis kaj diris, tre digne:

Eĉ se vi vidas ke ĝi estas rivero, ĉu necesas tion rakonti? Terura infano, kial vi malĝojigas min?

Mimlino ĉesis kombi sin, ŝi estis tre konsternita.

Vi plaĉas al mi, ŝi diris. Mi ne volas malĝojigi vin.

Bone, diris Onkloskruto. Sed do ĉesu rakonti, kia estas ĉio, kaj lasu min kredi je agrablaj aferoj.

Mi provos, diris Mimlino.

Onkloskruto estis tre incitita. Li stamfe foriris al la tendo kaj kriis:

Hej, vi ene! Ĉu ĝi estas rivereto aŭ riverego aŭ rivero?! Ĉu troviĝas fiŝoj aŭ ne? Kial nenio estas kiel iam? Kaj kiam vi elvenos por interesiĝi?

Baldaŭ, respondis Snufmumriko bruske. Li streĉe aŭskultis, sed Onkloskruto diris nenion pluan.

Mi devos eliri al ili, pensis Snufmumriko. Ĉi tio ne eblas. Kial mi entute revenis, kion mi havas kun ili, ili scias nenion ajn pri muziko. Li turniĝis surdorsen, li turnis sin sur la ventron, li enboris la nazon en la dormsakon. Sed kion ajn li faris, ili venadis en lian tendon, ili troviĝis tie senĉese – la maltrankvilaj okuloj de la Hemulo, Filifjonkino kiu kuŝis plorante sur sia lito, la homso kiu nur silentis, gapante al la tero, kaj la konfuzita Onkloskruto ... ili troviĝis ĉie, meze de lia kapo, kaj krome la tendo odoris je hemulo. Mi devos eliri, pensis Snufmumriko. Estas pli aĉe pensi pri ili ol esti kun ili. Kaj kiom ili malsimilas la Muminfamilion ... Tute subite, neatendite, la familio mankis al li. Ankaŭ ili estis ĝenaj. Ili volis paroli. Ili troviĝis ĉie. Sed kun ili eblis esti sola. Kiel ili efektive faras tion? demandis sin Snufmumriko surprizite. Kiel eblas ke mi povis kunestadi kun ili dum ĉiuj longaj someroj, neniam ajn rimarkante ke ili permesas al mi resti sola?

12

Tre malrapide kaj zorge la homso Toft legis: «Neniaj vortoj povas priskribi la tempon de konfuzo, kiu sendube sekvis la foreston de elektro. Ni havas kaŭzojn supozi ke l' numulito, tiu unufoja fenomeno, kiu malgraŭ ĉio ankoraŭ estas klasifikebla en la grupon Protozooj, estis konsiderinde prokrastita en sia evolucio kaj trapasis periodon de ŝrumpado. La fosforeska kapablo ĉesis kaj la bedaŭrinda estaĵo plenumis vivon kaŝite en la fendoj kaj profundaj kavoj, kiuj prezentis provizoran protekton kontraŭ la ĉirkaŭa mondo.»

Tiel estas, flustris Toft. Nun ĉiu ajn povas ataki lin, ĉar li ne plu estas elektra ... Li nur ŝrumpas, ŝrumpadas, kaj ne plu scias kion fari ...

La homso Toft kunvolvis sin sur la plot-reto kaj ek-
rakontis. La lasis la beston veni en valon, kie loĝis homso,
kiu povis fari elektrajn ŝtormojn. La valoj estis lumigataj de
blankaj kaj violkoloraj fulmoj, unue malproksime, poste pli
kaj pli proksime ...

Eĉ ne unu fiŝeto ennaĝis en la naseton de Onkloskruto. Li
endormiĝis surponte kun la ĉapelo super la nazo. Apud li
kuŝis Mimlino sur la kahelforna tapiŝo, rigardante suben
en la brunan, fluantan akvon.

Ĉe la leterkesto la Hemulo pentradis grandajn literojn
sur lamentabulo, li skribis Muminvalo per diafana ma-
hagona farbo.

Por kiu estas tiu? demandis Mimlino. Se iu venis ĉi tien, li
ja scias ke li estas ĉi tie.

Ne, ĝi ne estas por aliuloj, klarigis la Hemulo. Ĝi estas
por ni.

Sed kial? demandis Mimlino.

Mi ne scias, respondis la Hemulo surprizite. Li finpentris
la lastan literon pripensante, kaj proponis: Eble por esti
certa? Nomoj estas io aparta, se vi komprenas, kion mi
volas diri.

Ne, diris Mimlino.

La Hemulo elpoŝigis grandan najlon kaj komencis alnajli
la lamentabulon sur la pontan apogrelon. Onkloskruto
vekiĝis kaj murmuris: Savu la prapatron ... Kaj Snufmumriko
saltis el la tendo kun la ĉapelo supernaze kaj kriis: Kion vi
faras?! Tuj ĉesu! Ili neniam antaŭe vidis Snufmumrikon

perdi la sinregon, kio timigis kaj tre embarasis ilin. Neniu rigardis lin. La Hemulo reeltiris la najlon.

Nun ne ofendiĝu! kriis Snufmumriko akuze. Vi ja scias!

Eĉ hemulo devus scii ke snufmumrikoj malamas afiŝojn, ĉion kio pensigas pri privata tereno kaj aliro malpermesata kaj limigita kaj enfermita kaj forbarita – se oni interesiĝas eĉ plej malmulte pri iu snufmumriko, oni scias ke afiŝoj estas la sola afero, kiu povas kolerigi kaj vundi kaj embarasi lin! Kaj nun li embarasiĝis. Li kriis kaj miskondutis, kaj tio ne estis pardonebla, eĉ se oni eltirus ĉiujn najlojn en la mondo!

La Hemulo lasis la lamentabulon gliti en la riveron. La literoj rapide malheliĝis kaj baldaŭ estis nelegeblaj, la fluo kaptis la tabulon, kaj ĝi drivis plu al la maro.

Vidu, diris la Hemulo. Jen ĝi foriris. Eble ĝi ne estis tiel grava, kiel mi kredis.

La voĉo de la Hemulo ŝanĝiĝis, nur iomete. Troviĝis iom malpli da respekto, li alproksimiĝis, kaj li havis rajton je tio. Snufmumriko diris nenion, li staris tute senmove.

Subite li kuris ĝis la leterkesto ĉe la ponta apogrelo, levis la kovrilon kaj rigardis enen, li kuris plu al la granda acero kaj enigis la brakon en la truan trunkon.

Onkloskruto surpiediĝis kaj kriis:

Ĉu vi atendas leteron?

Nun Snufmumriko estis ĉe la ŝtipejo. Li renversis la hakblokon. Li eniris en la ŝtipejon kaj palpis malantaŭ la eta fenestra breto super la rabot-stablo.

Ĉu vi serĉas viajn okulvitrojn? demandis Onkloskruto interesite.

Snufmumriko pluiris. Li diris: Mi volas serĉi en paco.

Ĉu vere? ekkriis Onkloskruto kaj postsekvis lin tiel rapide, kiel li povis. Nu, vi ja tute pravas. Antaŭe mi serĉadis aferojn kaj vortojn kaj nomojn dum la tutaj tagoj, kaj plej multe el ĉio mi abomenis, kiam la aliaj provis helpi min. Li alkroĉis sin ĉe la mantelo de Snufmumriko kaj diris:

Ĉu vi scias, kiel tio sonis dum la tuta tago? Ĉi tiel: Kie vi laste vidis ĝin? Nun provu memori. Kiam tio okazis? Kie tio okazis? Ha ha! Nun ĉio ĉi estas finita. Mi forgesas kaj perdas precize kion ajn mi volas. Mi diros al vi ...

Onkloskruto, diris Snufmumriko. Aŭtune la fiŝoj iras laŭ la bordoj. Ekzistas neniu fiŝo meze de la riverfluo.

Riveretfluo, korektis Onkloskruto gaje. Jen la unua prudenta vorto, kiun mi aŭdis dum la tuta tago. Li tuj ekiris. Snufmumriko serĉadis plu. Li serĉis la leteron de Mumintrolo, la adiaŭan leteron, kiu devas troviĝi, ĉar mumintroloj neniam forgesas adiaŭi. Sed ĉiuj iliaj kaŝejoj estis malplenaj.

Mumintrolo estis la sola, kiu sciis, kiel skribi al Snufmumriko. Aferece kaj mallonge. Nenio pri promesoj kaj sopirado kaj malĝojaj aferoj. Kaj kun io ridiga ĉe la fino.

Snufmumriko iris endomen kaj en la supran etaĝon. Li malŝraŭbis la grandan lignan globon de la ŝtupara balustrado, sed ankaŭ tiu estis malplena.

Malplena! diris Filifjonkino malantaŭ li. Se vi serĉas iliajn valoraĵojn, ili ne troviĝas tie. Ili estas en la vestoŝranko kaj ĝi estas ŝlosita. Ŝi sidis sursojle de sia ĉambro kun plejdoj ĉirkaŭ la kruroj kaj la vulpa boao ĝis la nazo.

Ili neniam ŝlosas, diris Snufmumriko.

Estas malvarme! kriis Filifjonkino. Kial vi ĉiuj ne ŝatas min? Kial vi ne povas elpensi al mi ion por fari?

Vi ja povus iri en la kuirejon, murmuris Snufmumriko. Tie estas pli varme.

Filifjonkino ne respondis. Tre mallaŭta tondrado preteriris, malproksime.

Ili neniam ŝlosas, ripetis Snufmumriko. Li iris al la vestoŝranko kaj malfermis la pordon. La ŝranko estis malplena. Li subeniris laŭ la ŝtuparo sen rigardi dorsen.

Filifjonkino malrapide stariĝis. Ŝi vidis ke la ŝranko estas malplena. Sed el la polva mallumo venis terura, fremda odoro – ĝi estis la sufoka kaj dolĉa odoro de putrado. En la ŝranko troviĝis nenio krom tine-ronĝita pototuko el lano kaj mola tapiŝo el griza polvo. Filifjonkino klinis sin, timtremante. Ĉu ne estis etaj disaj piedsignoj en la polvo, tute malgrandaj, preskaŭ nerimarkeblaj ... Io antaŭe loĝis en la ŝranko sed estis ellasita. Ĉio, kio elrampas, kiam oni turnas ŝtonon, kaj kio krablas sub humiĝantaj plantoj, ŝi

sciis, nun tio eskapis! Ĝi eskapis kun susurantaj piedoj, kun raslantaj dorsaj kirasoj kaj palpantaj antenoj, aŭ rampante sur blankaj molaj ventroj ... Ŝi kriis: Homso! Venu ĉi tien! kaj la homso Toft elvenis el sia kamero, li estis ĉifita kaj konfuzita kaj gapis al Filifjonkino, kvazaŭ ne rekonante ŝin. Li vastigis la nazotruojn, jen estis tre intensa odoro de elektro, freŝa kaj akra.

Ili eskapis! kriis Filifjonkino. Ili vivis tie ene kaj nun ili eskapis!

La pordo de la vestoŝranko svinge malfermiĝis, kaj Filifjonkino vidis moviĝon, ekbrilon de danĝero – ŝi kriis! Sed tio estis nur la spegulo sur la interna flanko de la pordo, la ŝranko ankoraŭ restis malplena.

La homso Toft alproksimiĝis kun la manoj antaŭ la buŝo, liaj okuloj estis karbe nigraj kaj rondaj. La odoro de elektro pli kaj pli intensiĝis.

Mi ellasis ĝin, li flustris. Ĝi ekzistas, kaj nun mi ellasis ĝin.

Kion vi ellasis? demandis Filifjonkino time.

La homso skuis la kapon. Mi ne scias, li diris.

Sed vi ja certe vidis ilin, diris Filifjonkino. Pripensu. Kiel ili aspektis?

Sed la homso kuris en sian kameron kaj enfermis sin. Lia koro forte batis, kaj lia nuko formikis. Efektive estis vere, la besto alvenis. La besto estis en la valo. Li malfermis la libron ĉe la ĝusta loko kaj literumis kiel eble plej rapide: «Ni havas motivon supozi ke ĝia konstitucio poiome adaptiĝis al ĉi novaj cirkonstancoj, kaj la neceso mastri ilin baldaŭ konsistigis la kondiĉojn, sub kiuj travivado ŝajnis ebla. Ĉi ekzistado, kiun ni kuraĝas karakterizi nur kiel supozon aŭ hipotezon, dum nedifinebla tempo daŭrigis sian obskuran evolucion, neniel envicǐĝante per sia kondutmaniero en la procedojn, kiujn ni kutime konsideras normalaj ...»

Mi tamen ne komprenas, flustris la homso. Ili nur parolas ... Se ili ne rapidos, ĉio finiĝos tute mise! Li kuŝigis sin sur la libron kun la manoj ŝovitaj inter la harojn kaj rakontis plu, malzorge kaj senespere; li sciis ke la besto senĉese pli kaj pli malgrandiĝas kaj spertas grandajn mal-facilaĵojn por plu vivi.

La fulmotondro pli kaj pli alproksimiĝis! Elektraj fulmoj alsagis de ĉie! La elektro kraketis, la arboj tremis, kaj la besto sentis ke nun! Kaj ĝi kreskis, kreskadis ... Nun venis eĉ pli da fulmoj, amaso! Blankaj kaj violkoloraj! La besto eĉ pli grandiĝis. Ĝi iĝis tiel granda ke ĝi preskaŭ ne bezonis familion ...

Nun li sentis sin pli bone. La homso Toft kuŝiĝis surdorse rigardante supren al la tegmenta fenestro, kiu estis plena de grizaj nuboj. Li aŭdis la muĝadon de fulmotondro, mal-proksime. Tio sonis kiel grumblado profunde en la gorĝo, tuj antaŭ ol oni vere koleras.

Paŝon post paŝo Filifjonkino subiris laŭ la ŝtuparo. Ŝi supozis ke la terurajoj ne ekiris en disaj direktoj. Estis pli kredinde ke ili iras kune, kiel kohera amaso, kiu atendas en iu angulo el humido kaj mallumo. Tie ili sidas, tute silente, en unu el la kaŝitaj kaj putraj kavoj de la aŭtuno. Aŭ eble male! Eble ili troviĝas sub la litoj, en la tirkestoj, en la ŝuoj – precize kie ajn!

Ne estas juste, pensis Filifjonkino. Similaj aferoj trafas absolute neniun el miaj konatoj! Nur min!

Ŝi kuris al la tendo per longaj timaj saltoj, ŝi senespere palpis la fermitan tendan enirejon kaj flustris: Malfermu, malfermu al mi … Estas mi, estas Filifjonkino!

En la tendo ŝi sentis sin pli sekura, ŝi sinkis sur la dormsakon kaj plektis la brakojn ĉirkaŭ la genuojn. Ŝi diris:

Nun ili eskapis. Ili estas ellasitaj el la vestoŝranko kaj troviĝas ĉie ajn … Milionoj da teruraj insektoj, kiuj atendas …

Ĉu iu alia vidis ilin? demandis Snufmumriko singarde.

Kompreneble ne, respondis Filifjonkino senpacience. Ili atendas nur min!

Snufmumriko frapmalplenigis sian pipon kaj klopodis elpensi ion por diri. Nun denove aŭdiĝis la fulmotondro.

Nun diru nenion pri tio ke estos fulmotondro, diris Filifjonkino bruske. Diru nenion pri tio ke miaj insektoj foriris, aŭ ke ili ne ekzistas, aŭ ke ili estas etaj kaj afablaj, ĉar tio tute ne helpus min.

Snufmumriko rigardis rekte al ŝi kaj diris:

Estas unu loko, kien ili neniam povus eniri. Tio estas la kuirejo. Ili neniam enirus la kuirejon.

Ĉu vi estas tute certa? demandis Filifjonkino severe.

Mi scias, respondis Snufmumriko.

Nun sonis nova ektondro, ĉi-foje tute proksime. Li rigardis Filifjonkinon kaj grimacis.

Tamen estos fulmotondro, li diris.

Efektive estis granda fulmotondro, kiu envenis el la maro. La fulmoj estis blankaj kaj violkoloraj, li neniam vidis tiel multajn kaj belajn fulmojn samtempe. Subita krepusko kovris la valon. Filifjonkino levis la robon kaj salte kuris reen tra la ĝardeno, ŝi frapfermis post si la kuirejan pordon.

Snufmumriko levis la nazon, flarante; la aero estis malvarma kiel fero. Odoris je elektro. Nun la fulmoj fluis suben en grandaj tremantaj faskoj, paralelaj kolonoj el lumo, la tuta valo estis tralumata de ilia blindiga lumo!

Snufmumriko stamfis pro ĝojo kaj admiro. Li atendis la venton kaj pluvon, sed ili ne venis. Nur la tondrado ruliĝis tien-reen inter la montopintoj, enormaj, pezaj globoj, odoris brule kaj jen venis lasta triumfa, splitanta krakego. Poste estis silente, tute silente, kaj eĉ ne unu fulmo.

Jen stranga fulmotondro, pensis Snufmumriko. Mi scivolas, kion ĝi trafis.

Kaj ĝuste tiam li aŭdis teruran kriegon malsupre ĉe la riverkurbiĝo. Li frostiĝis laŭ la dorso. La fulmo trafis Onkloskruton!

Kiam Snufmumriko alvenis, Onkloskruto saltadis dupiede. Fiŝo! Fiŝo! li kriis. Mi kaptis fiŝon! Li tenis la perkon ambaŭmane kaj estis tute ekster si pro ĝojo. Ĉu vi pensas ke oni bolkuiru aŭ fritu ĝin? demandis Onkloskruto. Ĉu troviĝas fumaĵ-forno? Ĉu troviĝas iu, kiu povas kuiri ĉi tiun fiŝon tiel ke ĝi ne detruiĝos?

Filifjonkino! diris Snufmumriko ridante. Neniu krom Filifjonkino kuiros vian fiŝon!

Filifjonkino eligis tremantan nazon kun ĉiuj lipharoj starantaj. Ŝi enlasis Snufmumrikon en la kuirejon kaj surmetis la klinkon, ŝi flustris: Mi travivis, mi pensas.

Snufmumriko kapjesis. Li komprenis ke ŝi ne parolas pri la fulmotondro. Onkloskruto kaptis sian unuan fiŝon, li diris. Kaj nun la Hemulo diras ke nur hemuloj scias kuiri fiŝojn. Ĉu tio estas vera?

Tio tute ne estas vera! ekkriis Filifjonkino. Nur filifjonkinoj scias kuiri fiŝojn, kaj tion scias la Hemulo!

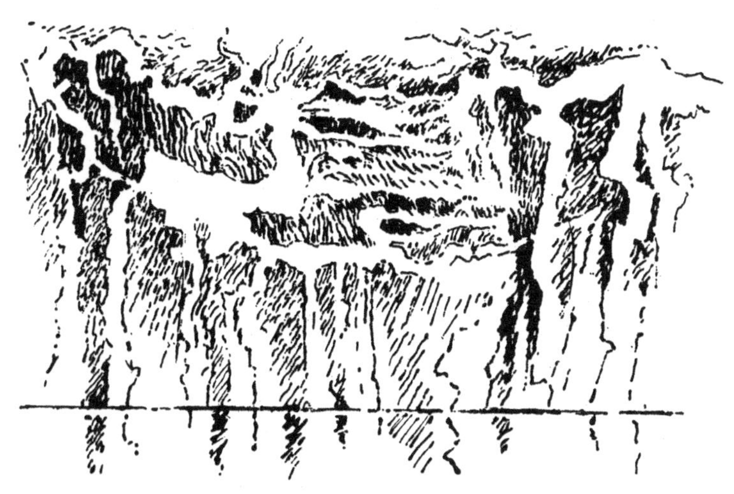

Sed vi neniam sukcesos igi ĝin sufiĉi al ĉiuj, kontraŭis Snufmumriko malgaje.

Ho, ĉu vi kredas? diris Filifjonkino, kaptante la perkon. Mi ŝatus vidi tiun fiŝon, kiun mi ne igus sufiĉi al ses personoj! Ŝi frapmalfermis la kuirejan pordon kaj serioze diris: Nun vi foriru, ĉar kuirante mi devas esti sola.

Aha! kriis Onkloskruto, kiu staris kun la nazo en la pordofendo. Ŝi tamen ŝatas kuiri!

Filifjonkino lasis la fiŝon fali planken.

Sed estas la Tago de Patro, murmuris Snufmumriko.

Ĉu vi certas pri tio? demandis Filifjonkino suspekteme. Ŝi severe rigardis Onkloskruton kaj demandis: Ĉu vi havas infanojn?

Absolute ne, respondis Onkloskruto. Mi ne ŝatas parencojn! Ekzistas kelkaj pranepoj, sed ilin mi forgesis.

Filifjonkino suspiris. Kial neniu el vi povas konduti normale? ŝi diris. En ĉi tiu domo oni freneziĝas. Foriru ambaŭ, ĉar nun mi kuiros tagmanĝon.

Ŝi almetis klinkojn ĉe la pordoj kaj levis la perkon. Ŝi rigardis ĉirkaŭ si en la kuirejo de Muminpatrino kaj forgesis ĉion krom la ĝusta maniero kuiri fiŝon.

Dum la mallonga furioza fulmotondro Mimlino iĝis komplete elektra. Ŝiaj haroj sparkis, kaj ĉiu lanugero sur ŝiaj brakoj stariĝis hirte, tremante. Nun mi estas ŝargita per sovaĝeco, ŝi pensis. Mi povus fari ĉion ajn, sed mi faros entute nenion. Kiel agrable estas fari kion oni emas. Ŝi kunvolvis sin sur la litkovrilo kun molanasa lanugo kaj sentis sin kiel eta globfulmo, fadenbulo el fajro.

La homso Toft staris en la subtegmenta kamero, rigardante supren tra la tegmenta fenestro, li vidis la fulmojn trafi Muminvalon, kaj li estis fiera kaj ravita kaj eble iomete terurita. Jen mia fulmotondro, pensis Toft. Mi faris ĝin. Mi fine povas rakonti, tiel ke tio videblas. Mi rakontas al la lasta numulito, la eta radiolario el la gento Protozooj ... Mi estas iu, kiu elrulas tondron kaj ĵetas fulmojn, mi estas homso, pri kiu neniu scias ion ajn.

Ŝajnis al li ke li punis Muminpatrinon per sia fulmotondro, kaj li decidis esti tre silenta kaj rakonti nenion al iu ajn krom al si mem kaj la numulito. Li havis nenian rilaton al la elektro de la aliaj, li sentis ĝin aere sed ĝi estis tute

fremda al li, li havis sian ŝtormon por si mem. Li dezirus ke la tuta valo estu malplena, kun spaco por pli grandaj revoj; necesas distanco kaj silento por povi formi sufiĉe zorge.

La vesperto sub la plafono ankoraŭ dormis, ĝi ne atentis la tondradon.

Sube en la ĝardeno kriis la Hemulo:

Homso! Jen necesas helpa mano!

La homso elvenis el la subtegmenta kamero. Kaŝite en sia silento kaj sia hararo, li iris malsupren al la Hemulo, kaj neniu sciis ke li tenas la pluvarbarajn ŝtormojn en siaj manoj.

Jen fulmotondro, ĉu ne? diris la Hemulo. Ĉu vi timis?

Ne, respondis la homso.

13

La fiŝaĵo de Filifjonkino estis preta precize je la dua. Ŝi kaŝis
la fiŝon en granda, vaporanta, helbruna pudingo. La tuta
kuirejo odoris konvinke kaj trankvilige je manĝo, la kuirejo
fariĝis vera kuirejo, loko de sekureco kaj prizorgo, la
sekreta koro de la domo kaj ĝia plej interna kerno de sen-
danĝero. Neniuj rampuloj, neniuj fulmotondroj povus
enveni, jen regis Filifjonkino. Timo kaj kapturno glitis
malantaŭen, foren, malproksimen en la plej etan angulon
de la filifjonkina cerbo kaj estis forbaritaj per klinko.

Dank' al Dio, ŝi pensis. Mi neniam plu povos purigi, sed
mi povos kuiri. Troviĝas espero! Ŝi malfermis la pordon kaj
iris en la verandon, ŝi prenis la brilan latunan gongon de la
patrino, ŝi tenis ĝin en la mano kaj vidis ĝin speguli ŝian
propran trankvilan, triumfan vizaĝon, ŝi prenis la frapilon

kun ronda ligna kapo tegita per ŝamo, kaj ŝi batis, gong gong tra la tuta valo! Manĝo! Venu manĝi!

Kaj ĉiuj alkuris, kriante: Pri kio temas? Kio okazis?

Filifjonkino respondis same trankvile: La manĝo pretas.

La kuireja tablo estis primetita por sesopo, kaj la loko de Onkloskruto estis meze. Ŝi sciis ke dum la tuta tempo li staris ekster la fenestro, maltrankvila pri sia fiŝo. Nun li rajtis enveni.

Manĝo, diris Mimlino. Tio estas bona. Kukumoj kaj cinamaj biskvitoj ne akordas.

Ekde nun, diris Filifjonkino, la manĝoprovizejo estos fermita. La kuirejo estas mia. Sidiĝu kaj komencu, antaŭ ol ĝi malvarmiĝos.

Kie estas mia fiŝo? demandis Onkloskruto.

Ĝi estas ene de la manĝo, respondis Filifjonkino.

Sed mi volas vidi ĝin! plendis Onkloskruto. Ĝi devus esti tuta, kaj mi manĝus ĝin tute sola!

Hontu! diris Filifjonkino. Ja estas la Tago de Patro, sed tio ne estas motivo de egoismo. Ŝi pensis ke kelkfoje vere malfacilas honori la altan aĝon kaj plenumi ĉiujn tradiciojn, kiuj devas havi sian lokon en honesta vivo.

Mi rifuzas festi la Tagon de Patro, deklaris Onkloskruto. Tago de Patro kaj de Patrino kaj de Ĉiuj Bonaj Homsoj, mi ne ŝatas parencojn! Ĉu ni ne povas festi la tagon de Ĉiuj Grandaj Fiŝoj?

Sed ĝi estas vera manĝo, diris la Hemulo riproĉe. Kaj ĉu ni ne sidas ĉi tie kiel granda feliĉa familio? Mi ĉiam diradis ke Filifjonkino estas la sola, kiu scias kuiri fiŝojn.

Ha ha ha, diris Filifjonkino. Ŝi diris ha ha ha duafoje, rigardante Snufmumrikon.

Dum ili manĝis, regis plena silento. Filifjonkino iris tienreen inter la forno kaj la tablo, ŝi servis ilin kaj verŝis fruktosukon kaj riproĉis, se iu elverŝis sur sin, ŝi estis plenigita de granda paco.

Ĉu ni eble hurau pro la Tago de Patro? subite demandis la Hemulo.

Tute ne, diris Onkloskruto.

Ne gravas, diris la Hemulo. Mi nur volis esti ĝentila. Kaj ĉu vi forgesis ke ankaŭ Muminpatro estas patro? Li serioze rigardis ĉiun el ili kaj aldonis: Mi havas ideon. Ĉu ne estus bone, se ĉiu el ni farus sian surprizon al la patro por la okazo, kiam li revenos?

Neniu diris ion ajn.

Snufmumriko povus ripari la bandoman ponteton, daŭrigis la Hemulo. Kaj Mimlino povus lavi niajn vestojn. Kaj Filifjonkino povus fari grandan purigadon en la domo ...

Filifjonkino lasis teleron fali planken kaj kriis:

Ne! Mi neniam plu purigos!

Kial ne? demandis Mimlino. Vi ja amas purigi.

Mi ne memoras, murmuris Filifjonkino.

Tio estas bona, diris Onkloskruto. Oni forgesu ĉion malagrablan. Nun mi iros akiri alian fiŝon, kaj tiun mi manĝos sola. Li prenis sian bastonon kaj ekiris, la buŝtuko restis ĉirkaŭ lia kolo.

Dankon pro la manĝo, diris la homso kapklinante. Kaj Snufmumriko diris: Ĝi estis bonega pudingo.

Ĉu vi trovas? respondis Filifjonkino kun pala rideto, ŝi havis la pensojn aliloke.

Post la tagmanĝo Snufmumriko ekbruligis sian pipon kaj ekiris laŭ la vojo al la maro. Li iris malrapide, kaj unuafoje li sentis sin sola. Li iris la tutan vojon ĝis la bandometo kaj malfermis la mallarĝan, fendohavan pordon. Tie odoris je ŝimo, fuko kaj iamaj someroj, jen odoro melankolia. Ho, ĉiuj domoj, pensis Snufmumriko. Li sidiĝis sur la kruta ŝtupareto, kiu kondukis suben en la akvon. La maro estis kvieta, griza kaj seninsula. Eble ne tro malfacilas trovi tiujn, kiuj kaŝas sin, kaj revenigi ilin hejmen. La insuloj aperas sur la mara mapo. Eblus ŝtopi la boateton. Sed kial? pensis Snufmumriko. Lasu ilin resti. Eble ankaŭ ili bezonas esti en paco.

Snufmumriko ne plu serĉis siajn kvin mezurojn, ili simple venu, kiam plaĉos al ili. Ekzistas aliaj kantoj. Li pensis: Ĉi-vespere mi eble iomete ludos.

Nun en la malfrua aŭtuno la vesperoj estis tre mallumaj. Filifjonkino ĉiam malŝatis noktojn. Ekzistas nenio pli terura ol rigardi en absolutan mallumon, tio similas iri en senfinon sen akompananto. Tial ŝi fulmrapide elportis sian rubakvan sitelon sur la kuirejan ŝtuparon kaj refermis la pordon. Tiel ŝi faradis de ĉiam.

Sed ĉi-vespere Filifjonkino haltis surŝtupare kaj aŭskultis en la mallumon: Snufmumriko ludis en sia tendo, melodion belan, malprecizan. Filifjonkino havis muzikan senson, kvankam nek ŝi nek iu alia sciis tion. Ŝi aŭskultis ravite, ŝi forgesis siajn terurojn, ŝi aperis kiel granda kaj maldika silueto kontraŭ la lumigata kuirejo, jen facila kaptaĵo de ĉiuj danĝeroj de la nokto. Sed nenio okazis. Kiam la kanto finiĝis, ŝi profunde suspiris, demetis la rubakvan sitelon kaj reiris endomen. La rubakvon elverŝos la homso.

En la subtegmenta kamero la homso Toft rakontis:

La besto kaŭris, atendante ĉe la granda akvokavo malantaŭ la tabakbedo de la patro. Ĝi atendis ke ĝi kreskos tiel granda kaj forta ke ĝi neniam plu povos elreviĝi kaj zorgos pri neniu krom si mem. Fino de la ĉapitro.

14

Estis tute memkomprenebla afero ke neniu dormis en la
ĉambroj de la gepatroj. Tiu de la patrino rigardis orienten,
ĉar plaĉis al ŝi la mateno, kaj tiu de la patro rigardis okci-
denten, ĉar la vespera ĉielo kutime igis lin sopirema.

Unu tagon en la krepusko la Hemulo ŝteliris al la ĉambro
de la patro kaj respekte haltis ĉe la pordo. Ĝi estis tute
malgranda ĉambreto kun dekliva plafono, loko kie eblis
esti tute sola kun si mem. Aŭ eble loko, kie oni estis iom
forpuŝita. Sur la bluaj muroj la patro pendigis strange
formitajn branĉojn; kelkaj el ili havis butonajn okulojn.
Muralmanako kun bildo de ŝiprompiĝo, kaj super la lito
tabulpeco kun la teksto Viskio de Haig. Surkomode kuŝis
kelkaj mirindaj ŝtonoj, peco da oro kaj amaso da tiaj etaĵoj,
kiuj iĝas superfluaj en la lasta momento antaŭ forvojaĝo.

Meze sub la spegulo staris etmodelo de lumturo kun pinta tegmento, entrančita ligna pordeto kaj balustrado el latunaj najloj sub la lumtura lampo. Ĝi eĉ havis ŝtupetaron, kiun la patro faris el kupra drato. En ĉiu fenestro li algluis arĝentan paperon.

La Hemulo rigardis ĉion, klopodante memori la patron. Li klopodis memori, kion ili faris, kaj pri kio ili parolis, sed li ne sukcesis. Tiam la Hemulo iris ĝis la fenestro por rigardi en la ĝardenon. La konkoj ĉirkaŭ la mortaj florbedoj lumis tra la krepusko, kaj la okcidenta ĉielo jam flaviĝis. La granda acero estis fulge nigra kontraŭ la sunsubiro, la Hemulo vidis precize la samon, kion vidis la patro, kiam estis aŭtuna krepusko.

Kaj tuj la Hemulo sciis, kion fari: li konstruos domon por la patro sur la granda acero! Li tiel ekĝojis ke li ridis! Kompreneble, arbo-domo! Alte super la grundo inter la fortaj nigraj branĉoj, malproksime de la familio, libere kaj aventure kaj kun ŝtormlanterno ĉe la plafono, kie ili ambaŭ sidos aŭdante la sudokcidentan venton krakigi la murojn, kaj interparolos unu kun la alia, finfine ili interparolos. La Hemulo kuris en la vestiblon kaj kriis: Homso!

La homso aperis el sia kamero.

Ĉu vi denove legis? diris la Hemulo. Estas danĝere legi tro multe. Aŭskultu. Ĉu vi ŝatas eltiri najlojn?

Mi pensas ke ne, respondis la homso.

Por ke io estiĝu, klarigis la Hemulo, ĉiam estas tiel ke iu konstruas kaj iu alia alportas tabulojn. Aŭ unu enbatas novajn najlojn kaj la alia eltiras malnovajn najlojn. Vi komprenas, ĉu ne?

La homso nur rigardis. Li sciis ke li estas la alia.

Ili iris al la ŝtipejo, kaj la homso komencis eltiri najlojn. Estis malnovaj lignopecoj kaj tabuloj, kiujn la familio kolektis sur la bordo; la griziĝinta ligno estis malmola kaj densa kaj la najloj fiksiĝintaj pro rusto. La Hemulo pluiris al la granda acero, li turnis la nazon supren, pensante.

La homso rektigis kaj tiris. La sunsubiro estis flava kiel fajro, tuj antaŭ ol tiu estingiĝos. Li rakontis pri la besto, kaj li rakontis pli kaj pli bone, ne plu per vortoj, sed per bildoj. Vortoj estas danĝeraj, kaj la besto jam alproksimiĝis al gravega punkto en sia evoluo: ĝi komencis ŝanĝiĝi. Ĝi ne plu kaŝis sin, ĝi rigardis kaj aŭskultis, ĝi glitis kiel mallumo laŭ la arbara rando, tre atenta kaj tute ne timanta ...

Ĉu plaĉas al vi eltiri najlojn? demandis Mimlino malantaŭ li. Ŝi sidis sur la hakbloko.

Kion? diris la homso.

Eltiri najlojn ne plaĉas al vi, kaj tamen vi faras tion, diris Mimlino. Mi scivolas kial.

Toft rigardis ŝin mute. Mimlino odoris je pipra mento.

Kaj ankaŭ la Hemulon vi ne ŝatas, ŝi daŭrigis.

Mi neniam pensis pri tio, murmuris Toft evite, kaj tuj li ekpensis pri tio, ĉu li ŝatas la Hemulon aŭ ne.

Mimlino saltis de la hakbloko kaj foriris. La krepusko rapide profundiĝis, kaj griza nebulo altiĝis super la rivero. Estis tre malvarme.

Malfermu, kriis Mimlino ekster la kuireja pordo. Mi volas varmiĝi en via kuirejo.

Jen la unua fojo, kiam iu diris «via kuirejo», kaj Filifjonkino tuj malfermis.

Vi povas sidi sur mia lito, ŝi diris. Sed evitu ĉifi la super-kovrilon.

Mimlino kunvolvis sin sur la lito, kiu estis enŝovita inter la kuirforno kaj la lavtablo, kaj Filifjonkino plu laboris pri la morgaŭa panpudingo. Ŝi trovis sakon da malnovaj pan-krustoj, kiujn la familio konservis por la birdoj. Estis varme en la kuirejo, la fajro kraketis en la forno, ĵetante flagrajn rebrilojn sur la plafonon.

Ĝuste nun estas preskaŭ kiel antaŭe, diris Mimlino al si mem.

Vi celas en la tempo de Muminpatrino, precizigis Fili-fjonkino nesingarde.

Ne. Tute ne, respondis Mimlino. Mi celas nur la kuir-fornon.

Filifjonkino daŭrigis pri la panpudingo, ŝi iris tien-reen en la kuirejo sur malmolaj kalkanumoj, kaj ŝiaj pensoj subite fariĝis maltrankvilaj kaj malprecizaj.

Kiel do? ŝi demandis.

La patrino kutimis fajfi kuirante, diris Mimlino. Ĉio estis iomete iel ajn ... Mi ne scias – estis malsame. Kelkfoje ili kunportis la manĝon, vojaĝante ien, kaj kelkfoje ili tute ne manĝis ...

Ŝi metis la brakon super la kapon por dormi.

Mi certe konas Muminpatrinon konsiderinde pli bone ol vi, diris Filifjonkino. Ŝi ŝmiris la muldilon per oleo, ŝi enverŝis la lastan reston de la hieraŭa supo kaj nerimarkite kelkajn boligitajn terpomojn, kiuj ne plu estis tute si mem, ŝi pli kaj pli ekscitiĝis, kaj fine ŝi kuris ĝis la dormanta Mimlino kaj kriis:

Vi ne dormus tiel, se vi scius, kion scias mi!

Mimlino vekiĝis, ŝi kuŝis senmove, rigardante Filifjonkinon.

Vi ne scias! flustris Filifjonkino intense. Vi ne scias, kio eskapis en ĉi tiu valo! Teruraj aferoj estas ellasitaj el la vestoŝranko, kaj ili troviĝas ĉie!

Mimlino eksidis kaj demandis: Ĉu pro tio vi havas muŝpaperon ĉirkaŭ la ŝuoj? Ŝi oscedis kaj frotis sian nazon. En la pordo ŝi turnis sin kaj diris: Restu trankvila, ĉi tie troviĝas nenio pli terura ol ni mem.

Ĉu ŝi koleras? demandis Onkloskruto en la salono.

Ŝi timas, respondis Mimlino kaj supreniris laŭ la ŝtuparo. Ŝi timas ion, kio sidas en la vestoŝranko.

Nun estis tute mallume eksterdome. Ili alkutimiĝis enlitiĝi, kiam venis la mallumo, ili dormis tre longe, des pli longe ju pli la jaro mallumiĝis.

La homso Toft englitis kiel ombro kaj murmuris bonan nokton, la Hemulo turnis la nazon al la muro. Li jam decidis konstrui kupolon super la arbodomo de la patro. Eblus farbi ĝin verda, eble kun oraj steloj. Kutime troviĝis oro en la komodo de la patrino, kaj li vidis botelon da bronza tinkturo en la ŝtipejo.

Kiam ĉiuj jam ekdormis, Onkloskruto supreniris laŭ la ŝtuparo kun kandelo. Li haltis ekster la granda vestoŝranko kaj flustris:

Ĉu vi estas tie? Mi scias ke vi estas tie. Tre malrapide li malfermis la ŝrankon; la pordo kun sia spegulo svinge malfermiĝis.

La flamo de la kandelo estis tre malgranda en la malluma vestiblo, sed Onkloskruto povis klare vidi la prapatron antaŭ si. Li havis bastonon kaj ĉapelon kaj ŝajnis preskaŭ malkredinda. Lia nokta mantelo estis tro longa kaj li portis gamaŝojn. Neniujn okulvitrojn. Onkloskruto faris paŝon antaŭen, kaj la prapatro faris same.

Ho, do vi ne plu loĝas en la kahelforno, diris Onkloskruto. Kiom vi aĝas? Ĉu vi neniam portas okulvitrojn? Li estis tre ekscitita kaj batis la plankon per la bastono por emfazi siajn vortojn. La prapatro faris same sed ne respondis.

Li estas surda, diris Onkloskruto al si. Surdega maljuna skruto. Tamen estas bone renkonti iun, kiu komprenas, kiel oni sentas sin maljuniĝante. Li restis tre longe, rigardante la prapatron. Fine li levis la ĉapelon kaj riverence kapklinis. La prapatro faris same. Ili disiĝis kun reciproka respekto.

15

La tagoj jam estis pli mallongaj kaj malvarmaj, sed ne ofte pluvis. Dum kelka tempo tagmeze la suno lumis en la valon, kaj la senfoliaj arboj ĵetis ombrojn sur la teron, sed matene kaj vespere ĉio kuŝis en duonkrepusko, kaj poste venis la mallumo. Ili neniam vidis la sunon subiri, sed ili vidis la flavan sunsubiran ĉielon kaj la akran konturon de montoj ĉirkaŭe; ili vivis kvazaŭ surfunde de puto.

La Hemulo kaj la homso konstruadis la arbodomon de la patro. Onkloskruto kaptis proksimume du fiŝojn ĉiutage, kaj Filifjonkino jam komencis fajfi.

Estis aŭtuno sen ŝtormoj, kaj la granda fulmotondro ne revenis, ĝi preterruliĝis fore kun mallaŭta muĝado, kiu eĉ pli profundigis la silenton en la valo. Neniu krom la homso sciis ke ĉiufoje, kiam aŭdiĝas tondrado, la Besto kreskas kaj perdas ankoraŭ pli multe el sia timemo. Ĝi jam estis sufiĉe granda kaj tre ŝanĝiĝis, ĝi malfermis sian buŝon kaj montris la dentojn. Unu vesperon en la flava sunsubira lumo la Besto klinis sin super la akvo kaj unuafoje vidis siajn proprajn blankajn dentojn. Ĝi malfermis la buŝon vaste, ĝi denove kunfrapis la dentojn kaj grincigis ilin, nur iomete, pensante: Mi bezonas neniun, mi havas dentojn.

Fine la homso Toft ne kuraĝis pligrandigi la Beston. Li malŝaltis ĉiujn bildojn. Sed la tondro muĝis plu super la maro, kaj la homso sentis ke nun la Besto kreskas per si mem.

Tre malfacilis al la homso Toft endormiĝi en la vesperoj sen rakonti al si, ĉar li jam tiel longe kutimis fari tion. Li legis, legadis en sia libro kaj komprenis pli kaj pli malmulte. Nun ĝi parolis nur pri kiel la Besto aspektas interne, kio estis tre laciga.

Unu vesperon Filifjonkino frapetis sur la pordo de la subtegmenta kamero, ŝi singarde malfermis ĝin kaj diris: Saluton, amiketo!

La homso levis la rigardon el la libro kaj atendis.

La granda filifjonkino sidiĝis surplanke apud li, ŝi klinis la kapon flanken kaj demandis: Kion vi legas?

Libron, respondis Toft.

Filifjonkino profunde spiris, ŝi kolektis forton kaj diris:

Sendube ne ĉiam facilas esti malgranda kaj ne havi patrinon?

La homso kaŝis sin en siaj haroj, li hontis pro ŝi kaj ne respondis.

Filifjonkino etendis la manon kaj retiris ĝin. Ŝi diris sincere: Hieraŭ vespere mi subite ekpensis pri vi. Vian nomon ... mi ŝajne forgesis ĝin ...

Toft, diris la homso.

Toft, ripetis Filifjonkino. Bela nomo. Ŝi senespere serĉis vortojn kaj deziris ke ŝi sciu iom pli multe pri infanoj kaj ŝatu ilin. Fine ŝi diris:

Mi esperas ke estas varme al vi? Ĉu vi sentas vin bone?

Jes, dankon, diris la homso Toft.

Filifjonkino disetendis la brakojn, ŝi provis rigardi en lian vizaĝon kaj demandis pete: Ĉu vi tute certas?

La homso Toft retiris sin. Ŝi odoris je timo. Li rapide diris: Eble plejdon.

Filifjonkino tuj stariĝis. Vi ricevos ĝin, ŝi ekkriis. Nur atendu iomete, necesos eĉ ne minuto ... Li aŭdis ŝin kuri malsupren laŭ la ŝtuparo kaj reveni, kunportante plejdon.

Koran dankon, diris la homso, kapklinante. Ĝi estas tre bona plejdo.

Filifjonkino ridetis. Ne dankinde! ŝi diris. Jen simple kion farus Muminpatrino. Ŝi lasis la plejdon surplanken, iom hezitis kaj foriris.

La homso faldis ŝian plejdon kiel eble plej zorge kaj metis ĝin plej interne sur la plafonan breton, li rekuŝiĝis sur la plot-reton kaj provis legi plu. Tio ne prosperis. Li komprenis malpli ol iam, li plurfoje relegis la saman frazon, ne sciante, kion li legis. Fine li fermis la libron, estingis la kandelon kaj eliris.

Estis malfacile trovi la vitroglobon. La homso eraris pri la vojo, li palpiris antaŭen inter la arbotrunkoj, kvazaŭ la ĝardeno estus fremda loko. Fine la vitroglobo venis renkonte al li, sed ĝia blua lumo jam estingiĝis, kaj ĝi estis plena de nebulo, densa kaj malhela nebulo apenaŭ pli hela ol la nokto mem. Ene de la magia vitro la nebulo rapide preterdrivis, foriĝis kaj estis suĉata enen, ĉiam en rondo, pli kaj pli da nebulo en profundaj malheliĝantaj kirloj.

La homso pluiris laŭ la rivero kaj preter la tabakbedo de la patro. Li enpaŝis sub la piceojn ĉe la granda akvokavo; la velkintaj skirpoj susuris ĉirkaŭ li, kaj la ŝuoj profundiĝis en la marĉan teron.

Ĉu vi estas tie? li mallaŭte vokis. Eta numulito, kiel vi fartas?

Kaj tiam la Besto grumblis al li el la mallumo.

La homso turnis sin kaj kuris, blinde kaj terurite, li stumblis kaj falis kaj pene restariĝis kaj kuregis plu, kaj apud la tendo li haltis. Ĝi lumis kiel trankvila verda lanterno tra la nokto. Ene sidis Snufmumriko, ludante mallaŭte en sia soleco.

Estas mi, flustris la homso. Li eniris en la tendon, li neniam antaŭe estis tie. Odoris agrable de piptabako kaj tero. Apud la dormsako staris brulanta kandelo sur sukerkesto, kaj la grundo estis plena de ligneroj.

Ĉi tio fariĝos ligna kulero, diris Snufmumriko. Ĉu io timigis vin?

La familio ne plu ekzistas, respondis Toft. Ili trompis min.

Tion mi ne kredas, diris Snufmumriko. Eble ili simple bezonas esti en paco. Li prenis sian termoson kaj plenigis du tasojn per teo. Jen la sukero, li diris. Ili sendube iam revenos hejmen.

Iam! ekkriis la homso. Ŝi devas veni nun, ŝi estas la sola, kiu gravas al mi!

Snufmumriko levis la ŝultrojn. Li ŝmiris du buterpanojn kaj diris:

Mi demandas min, kio gravas al la patrino ...

La homso diris nenion pluan. Kiam li foriris, Snufmumriko kriis post li:

Klopodu eviti ke aferoj tro grandiĝu.

Nun denove aŭdiĝis la buŝharmoniko. Sur la kuireja ŝtuparo staris Filifjonkino, aŭskultante apud sia rubakva sitelo. La homso iris kromvojon ĉirkaŭ ŝi kaj nerimarkite ŝteliris en la domon.

16

En la sekva tago Snufmumriko estis invitita al dimanĉa tagmanĝo. La horloĝo montris la duan horon, ĝi montris kvaronon post la dua, kaj Filifjonkino ankoraŭ ne sonorigis por la manĝo. Je la dua kaj duono Snufmumriko metis novan plumon sur la ĉapelon kaj iris esplori, kio okazis. La kuireja tablo staris ekstere ĉe la ŝtuparo, kaj la Hemulo kaj la homso elportadis seĝojn.

Estas ekskurso, klarigis Onkloskruto malgaje. Ŝi diras ke hodiaŭ ni devas fari, kion ni deziras.

Nun Filifjonkino alportis la manĝon. Ĝi estis avensupo. Neforta, malvarma vento trairis la valon kaj faris haŭton sur la supo.

Nun prenu manĝon kaj ne estu timida, diris Filifjonkino kaj glatumis la kapon de la homso.

Kial ni devas manĝi eksterdome? plendis Onkloskruto. Li ŝovis la suphaŭton sur la randon de sia telero.

Oni devas manĝi ankaŭ la haŭton, atentigis Filifjonkino.

Kial ni ne rajtas esti en la kuirejo? ripetis Onkloskruto.

Kelkfoje oni faras, kion ajn oni emas, respondis Filifjonkino senpacience. Oni kunportas la manĝon, aŭ oni tute ne manĝas! Estas amuze!

La tagmanĝa tablo staris oblikve sur la malebena tero, la Hemulo tenis sian teleron ambaŭmane. Io maltrankviligas min, li diris. La kupolo ne prosperas. La homso segis tabulojn laŭ miaj indikoj, sed tio neniam fariĝas ĝusta. Kaj kiam necesas resegi tabulon, ĝi fariĝas tro mallonga kaj falas teren. Ĉu vi komprenas, kion mi volas diri?

Kial ne fari ordinaran tegmenton? proponis Snufmumriko.

Ankaŭ tiu falas teren, diris la Hemulo.

Mi malamas haŭton de avensupo, informis Onkloskruto.

Ekzistas ja alia eblo, daŭrigis la Hemulo. Havi entute neniun tegmenton! Sidante ĉi tie, mi ekpensis ke la patro eble preferas rigardi la stelojn, ĉu ne? Ĉu vi ne supozas ke li preferas rigardi la stelojn?

Subite Toft kriis:

Tion pensas nur vi! Kiel vi do scias, kio plaĉas al la patro!?

Ĉiuj ĉesis manĝi kaj gapis al la homso.

La homso Toft kaptis la tablotukon kaj kriis:

Vi ĉiuokaze faras nur tion, kio plaĉas al vi mem! Kial vi faras tiel *grandajn* aferojn?

Nu, rigardu, diris Mimlino surprizite. La homso montras la dentojn.

La homso Toft stariĝis tiel bruske ke la seĝo renversiĝis. Li kaŝis sin sub la tablo.

La homso, kiu estas tiel afabla, diris Filifjonkino rigide. Kaj eĉ en ekskurso.

Aŭskultu, Filifjonkino, diris Mimlino serioze. Mi pensas ke ne eblas iĝi Muminpatrino, nur movante la kuirejan tablon eksterdomen.

Filifjonkino stariĝis kaj kriis: Patrinoj tie kaj patrinoj ĉi tie! Ĉu ili do estas tiel mirindaj!? Tiu malzorga familio, kiu eĉ ne purigas sian domon, kvankam ili *povus* purigi, kaj kiu ne postlasas eĉ la plej malgrandan leteran slipon, kvankam ili scias ke ni ... kvankam ili scias. Ŝi silentiĝis senpove.

Leteran slipon! eĥis Onkloskruto. Mi trovis leteron ie kaj kaŝis ĝin ie.

Kie? Kie vi kaŝis ĝin? demandis Snufmumriko.

Nun ĉiuj jam stariĝis ĉirkaŭ la tablo.

Ie, murmuris Onkloskruto. Mi pensas ke mi denove iros iomete fiŝi. Mi ne ŝatas ĉi tiun ekskurson. Ĝi ne estas amuza.

Nun pripensu, petis la Hemulo. Klopodu memori. Ni helpos vin. Kie vi do vidis ĝin lastfoje? Kie vi kaŝus ĝin, se vi ĵus trovus ĝin?

Mi libertempas, diris Onkloskruto malgajmiene. Mi rajtas forgesi kion ajn mi volas. Estas bone forgesi. Mi intencas forgesi ĉion krom kelkaj simpatiaj aferetoj, kiuj gravas. Kaj nun mi iros interparoli kun mia amiko la prapatro. Li scias. Vi nur kredas, sed ni scias.

La prapatro aspektis kiel kutime, sed li havis buŝtukon ĉirkaŭ la kolo.

Saluton, diris Onkloskruto. Nun mi vere malĝojas. Ĉu vi scias, kion ili faris al mi? Li atendis iom. La kapo de la prapatro malrapide skuiĝis, kaj li stamfis perpiede.

Vi pravas, diris Onkloskruto. Ili detruis mian libertempon. Jen oni fieras pri ĉio, kion oni sukcesis forgesi, kaj subite oni devas *memori*! Mia stomako doloras. Mi tiel malĝojas ke mia stomako preskaŭ doloras.

Unuafoje Onkloskruto memoris siajn medikamentojn. Sed li ne memoris, kie li havas ilin.

Ili estis en korbo, ripetis la Hemulo. Li diris ke li havis ilin en korbo. Kaj ĝi ne troviĝas en la salono.

Eble li postlasis ĝin ie en la ĝardeno, diris Mimlino.

Kaj Filifjonkino kriis:

Li diras ke kulpas ni! Kiel mi povus kulpi? La sola afero, kiun mi faris, estas varma ribosuko. Li ŝatis ĝin! Ŝi sendis oblikvan rigardon al Mimlino kaj aldonis: Mi scias ke la patrino kutimas varmigi nigran ribosukon kiam iu malsanas, sed mi faris tion malgraŭ tio.

Nun estu tute trankvilaj, diris la Hemulo. Poste mi diros al vi kion fari. Do, temas pri medikamentaj boteletoj kaj konjako, letero kaj ok paroj da okulvitroj. Nun ni dividos la valon kaj la domon en diversajn partojn kaj poste ĉiu el ni ...

Jes, jes, jes, diris Filifjonkino. Ŝi ŝovis la nazon en la salonon por timeme demandi: Kiel vi fartas?

Malĝoje, respondis Onkloskruto. Tiel okazas, kiam la supo havas haŭton, kaj oni ne rajtas forgesi en paco. Li kuŝis sur la salona sofo sub amaso da plejdoj kun la ĉapelo sur-kape.

Kiom vi efektive aĝas? demandis Filifjonkino delikate.

Mi tute ne intencas morti, deklaris Onkloskruto gaje. Kiom vi mem aĝas?

Filifjonkino malaperis. Ĉie en la domo pordoj malfermiĝis kaj fermiĝis, la ĝardeno estis plena de krioj kaj kuraj paŝoj. Neniu pensis pri io ajn alia ol Onkloskruto. Tiu korbo povas troviĝi precize kie ajn, li pensis kun certa kontenteco. La stomako jam trankviliĝis.

Mimlino envenis sidiĝi sur la litorandon.

Aŭskultu, Onkloskruto, ŝi diris. Vi estas tute same sana kiel mi, kaj vi scias tion.

Tio eblas, respondis Onkloskruto. Sed mi ne ellitiĝos, antaŭ ol mi havos feston! Tute malgrandan feston por aĝuloj kiuj travivis!

Aŭ grandan feston por mimlinoj, kiuj volas danci, diris

Mimlino penseme.

Tute ne! kriis Onkloskruto. Grandegan feston por mi kaj la prapatro! Jam de cent jaroj li ne havis okazon festi, kaj nun li sidas malĝojante en la vestoŝranko.

Se vi kredas tion, vi kredos ĉion ajn, diris Mimlino mokridante.

Trovita! kriis la Hemulo ekstere. La pordo vaste malfermiĝis, la salono pleniĝis de vivo kaj ekscito. La korbo estis sub la verando! kriis la Hemulo. Kaj la konjako staris trans la rivero!

Rivereto! korektis Onkloskruto. Mi prenos la konjakon unue. Filifjonkino verŝis iomete kaj ĉiuj atente rigardis dum li eltrinkis ĝin.

Ĉu vi prenos iom el ĉiu medikamento aŭ nur unu specon? demandis Filifjonkino.

Neniun ajn, respondis Onkloskruto kaj sinkis inter la
kusenojn kun suspiro. Sed neniam plu parolu pri aferoj,
kiujn mi ne ŝatas aŭskulti. Kaj mi ne vere saniĝos, antaŭ ol
mi povos festi ...

Demetu liajn ŝuojn, diris la Hemulo. Toft, demetu liajn
ŝuojn. Jen la unua afero farenda, kiam iu havas stomak-
doloron.

La homso mallaĉis la ŝuojn de Onkloskruto kaj demetis
ilin. Li elprenis ĉifitan blankan paperon el unu ŝuo.

La letero! kriis Snufmumriko. Li singarde glatigis la
paperon kaj legis:

> *Bonvolu ne fari fajron en la kahel-*
> *forno, ĉar tie loĝas la prapatro.*
>
> *Muminpatrino.*

17

Filifjonkino ne plu parolis pri tio, kio loĝis en la vestoŝranko; ŝi klopodis plenigi sian kapon per etaj aranĝemaj pensoj, kiel ŝi kutimis. Sed nokte ŝi aŭdis la mallaŭtajn, apenaŭ distingeblajn sonojn, kiuj estiĝas, kiam io krablas malantaŭ tapeto, foje rapidan zumknaradon laŭ la plankoplinto – kaj unufoje mortohorloĝo tiktakis en la muro super ŝia kapkuseno.

La plej bonaj aferoj de la tago estis sonorigi la gongon kaj elmeti la rubakvan sitelon sur la ŝtuparon post la vesperiĝo. Snufmumriko preskaŭ ĉiuvespere ludis, kaj Filifjonkino jam lernis liajn melodiojn. Sed ŝi fajfis nur kiam ŝi certis ke neniu povas aŭdi ŝin.

Unu vesperon Filifjonkino sidis sur sia litorando, klopodante trovi pretekston por ne enlitiĝi.

Ĉu vi dormas? demandis Mimlino ekster la pordo. Ŝi envenis sen atendi respondon kaj diris: Mi bezonas pluvakvon por lavi la harojn.

Ĉu vere, diris Filifjonkino. Ŝajnas al mi ke rivera akvo taŭgas same bone. Ĝi estas en la meza sitelo. En tiu estas fontakvo. Sed vi povos poste tralavi la harojn per pluvakvo, se necese. Ne disverŝu surplanken.

Ŝajne vi denove estas vi mem, konstatis Mimlino kaj metis akvon sur la fajron. Kaj fakte vi estas pli simpatia tiel. Mi havos neligitajn harojn en la festo.

Kiu festo? demandis Filifjonkino akre.

Por Onkloskruto, respondis Mimlino. Ĉu vi ne scias ke ni morgaŭ festos en la kuirejo?

Ĉu vere!? Jen novaĵo! ekkriis Filifjonkino. Tre utilas ekscii tion! Jen ĝuste kion fari, kiam oni estas enfermitaj kune, drivintaj al la tero, alblovitaj, kaptitaj de pluvo – oni faras feston, kaj meze de la nokto la lumo estingiĝas, kaj kiam ĝi denove eklumas, jam troviĝas Unu Malpli en la Domo ...

Mimlino rigardis Filifjonkinon kun intereso.

Kelkfoje vi estas sufiĉe surpriza, ŝi diris. Tio ne estis malbona. Do poste malaperos unu post la alia, kaj fine restos nur la kato, kiu sidos lavante sin sur ilia tombo!

Filifjonkino timtremis. Mi pensas ke via akvo jam varmiĝis, ŝi diris. Ĉi tie ne ekzistas kato.

Facilas akiri unu, diris Mimlino mokridante. Vi nur fantazie imagos ĝin, kaj jen vi havos katon! Ŝi levis la kaserolon de la fajro kaj malfermis la pordon perkubute. Bonan nokton, ŝi diris. Kaj ne forgesu aranĝi la harojn. Kaj la Hemulo diris ke vi dekoru la kuirejon, ĉar vi estas plej artisma. Poste Mimlino foriris kaj fermis la pordon post si tre lerte per la piedo.

La koro de Filifjonkino batis forte. Ŝi estas artisma, la Hemulo diris ke ŝi estas artisma. Kia mirinda vorto. Ŝi flustris ĝin plurfoje al si.

En la nokta silento Filifjonkino prenis sian kuirejan lampon kaj iris serĉi ornamaĵojn en la ŝranko super la vestejo de la patrino. La kesto kun paperaj lanternoj kaj rubandoj kuŝis en sia kutima loko plej alte dekstre, ili estis tute implikitaj kaj plenaj de stearino. Paskaj ornamoj, malnovaj naskiĝtagaj donacpaperoj kun roza desegno, la teksto restis sur ili: «Al mia amata Paĉjo», «Feliĉan naskiĝtagon, kara Hemulo», «Jen brakumo laŭ kutim', al la kara Eta Mim», «Plej varma bondeziro al Gafsino». Ili ne same multe ŝatis Gafsinon.

Nun aperis la paperaj girlandoj. Filifjonkino portis ĉion suben en la kuirejon kaj disŝutis ĝin sur la lavtablon. Ŝi malsekigis la harojn kaj volvis ilin sur papilotoj, kaj senĉese ŝi fajfis mallaŭte, tute harmonie kaj multe pli lerte ol ŝi mem sciis.

La homso Toft aŭdis ilin paroli pri festo, la Hemulo nomis ĝin hejma vespero. Li sciis ke ĉiuj devos fari programeron antaŭ la aliaj, kaj li suspektis ke en hejma vespero necesas esti babilema kaj simpatia. Li ne sentis sin simpatia. Li volis esti sola kun si mem por provi elpensi, kial li tiel terure koleriĝis en tiu dimanĉa tagmanĝo. Toft estis timigita, trovante tute alispecan homson ene de si mem, homson kiun li ne konis, kaj kiu eble revenos por hontigi lin antaŭ ĉiuj aliaj. Post tiu dimanĉo la Hemulo konstruadis sian arbodomon tute sola. Li ne plu kriis al la homso. Ambaŭ estis embarasitaj.

Kiel mi povis tiel koleri al li, cerbumis la homso Toft. Ekzistis nenio pri kio koleri, kaj mi neniam antaŭe koleris. Tio nur alvenis, kiel se io altiĝus kaj elverŝiĝus; tio similis akvofalon! Kaj mi, kiu estas tiel afabla.

La afabla homso iris riveren por ĉerpi akvon. Li plenigis

la sitelon kaj metis ĝin apud la tendon. Ene sidis Snufmumriko, farante lignan kuleron aŭ eble nenion ajn, dum li silentis, sciante ĉion pli bone ol ĉiuj aliaj. Ĉio, kion diris Snufmumriko, sonis bone kaj ĝuste, kaj poste, kiam oni denove estis sola, oni ne komprenis, kion li celis, sed oni hontis reiri por demandi. Aŭ alie li tute ne respondis, li parolis pri teo kaj vetero, mordis sian pipon kaj faris sian tedan nedifineblan sonon, kaj oni sentis, kvazaŭ oni diris ion tute sensencan.

Mi scivolas, kial ili admiras lin, pensis la homso serioze. Kompreneble estas impone ke li fumas pipon. Eble ili admiras lin, ĉar li simple foriras kaj fermas post si. Sed ankaŭ mi faras tion, kaj neniu trovas tion impona. La problemo sendube estas ke mi tro malgrandas.

La homso vagis plu en la ĝardeno, ĝis la granda akvokavo. Li pensis: Mi ne volas havi amikojn, kiuj estas afablaj sen atenti min, nek iun kiu afablas por ne devi senti sin malsimpatia. Kaj neniun, kiu timas. Mi volas iun, kiu neniam timas, kaj kiu zorgas pri mi, mi volas patrinon!

Nun aŭtune la granda akvokavo estis loko malgaja, loko por kaŝiĝi kaj atendi. Sed la homso sentis ke la Besto ne plu restas tie. Ĝi jam foriris. Ĝi grincigis siajn novajn dentojn kaj foriris. Kaj la homso Toft estis tiu, kiu donis dentojn al la Besto!

Onkloskruto sidis dormetante sur la ponto. Kiam la homso preterpasis, li vekiĝis kaj kriis:

Estos festo! Granda festo je mia honoro!

La homso provis preterpasi, sed Onkloskruto kaptis lin per la bastonkurbaĵo.

Aŭskultu min, li diris. Mi klarigis al la Hemulo ke la prapatro estas mia plej bona amiko, kiu de cent jaroj ne rajtis festi, kaj ke necesas inviti lin! Kiel honoran gaston! Bone bone, konsentas la Hemulo. Sed mi diras al vi ĉiuj ke mi ne festos sen la prapatro! Ĉu vi komprenas!

Jes, murmuris la homso. Mi komprenas. Sed li pensis nur pri la Besto.

En la verando sidis Mimlino, kombante la harojn en la avara sunbrilo.

Saluton homseto, ŝi diris. Ĉu vi jam pretigis vian programon?

Mi nenion kapablas, respondis la homso rifuze.

Venu ĉi tien, diris Mimlino. Vi bezonas kombadon.

La homso obeeme stariĝis antaŭ ŝi, kaj Mimlino komencis kombi lian hirtan hararon. Se vi nur kombus vin dek minutojn ĉiutage, ĝi tute ne estus malbona, ŝi diris. Ĝi havas bonan formon, kaj la koloro estas simpatia. Do, ĉu vi nenion kapablas? Ĉiuokaze vi tre koleris. Sed poste vi rampis sub la tablon kaj detruis ĉion.

La homso staris senmova, li ŝatis esti kombata.

Mimlino, li diris timeme. Kien vi irus, se vi estus granda kolera besto?

Mimlino tuj respondis: Al la posta tereno. La malbela arbaro malantaŭ la kuirejo. Tien ili iradis, kiam ili koleris. Ŝi kombis, kombadis, kaj la homso diris:

Ĉu vi volas diri: kiam vi ĉiuj koleras?

Ne. La familio, diris Mimlino. Ili iradis al la posta tereno, kiam ili estis malgajaj kaj koleraj kaj volis esti en paco.

La homso faris unu paŝon malantaŭen kaj kriis:

Tio ne estas vera! Ili neniam koleris!

Staru senmove, diris Mimlino. Kiel vi pensas ke mi kombu vin, se vi tiel saltadas? Mi povas rakonti al vi ke la patro kaj patrino kaj Mumintrolo de temp' al tempo ege tediĝis unu de la alia. Venu ĉi tien.

Mi ne venos! ekkriis la homso. La patrino neniam estis tia! Ŝi estis ĉiam sama!

Li bruske malfermis la salonan pordon kaj frapfermis ĝin post si. Mimlino blagis. Ŝi sciis nenion pri la patrino. Ŝi ne sciis ke patrino devas neniam konduti malbone.

Filifjonkino pendigis la lastan girlandon, kiu estis blua. Ŝi faris paŝon malantaŭen por rigardi sian kuirejon. Ĝi estis la plej polva kaj malpura kuirejo de la mondo, sed ho kiel ĝi estis artisme dekorita. Nu, do ili vespermanĝos iom pli frue en la verando, revarmigitan fiŝosupon, kaj post la sepa aperos gratenitaj fromaĝbuterpanoj kaj pomvino. La pomvinon ŝi trovis en la vestejo de la patro, kaj la skatolon kun fromaĝorestoj sur la plej supra breto en la manĝoprovizejo. Kun la etikedo «por arbaraj musoj».

Filifjonkino dismetis la buŝtukojn per elegantaj movoj. Ĉiu buŝtuko estis formita kiel cigno (kompreneble neniun al Snufmumriko, kiu rifuzis uzi buŝtukon). Ŝi mallaŭte fajfis, ŝia frunto estis ornamita per amaso da etaj malmolaj bukloj, kaj oni vidis ke ŝi ŝminkis la brovojn. Nenio krablis malantaŭ la tapeto, nenio zumknaris laŭ la plankoplinto, la mortohorloĝo ĉesis tiktaki. Ĝuste nun ŝi ne havis tempon por ili, ŝi devis pensi pri sia programero. Ombroteatraĵo: La Revenanta Familio. Ĝi estos drama, pensis Filifjonkino trankvile. Ĝi kortuŝos ilin. Ŝi ŝlosis la salonan kaj kuirejan pordojn per klinkoj. Ŝi metis la kartonskatolon sur la lav-tablon kaj komencis desegni. La bildo devis prezenti kvar personojn en boato. Du grandajn, unu malpli grandan kaj unu malgrandegan. La plej malgranda sidis ĉe la pruo. La desegno ne fariĝis tute kiel Filifjonkino antaŭe imagis, kaj ŝi ne havis viŝgumon. Sed plej gravas ja la intenco. Kiam la bildo estis preta, ŝi eltondis ĝin kaj alnajlis la boaton al la balaila tenilo. Ŝi laboris rapide kaj konscie, senĉese fajfante, tamen ne la kantojn de Snufmumriko, sed siajn proprajn. Filifjonkino cetere fajfis multe pli bone ol ŝi desegnis kaj najlis.

Nun ŝi ekbruligis la kuirejan lampon, ĉar alvenis la krepusko. Hodiaŭ ĝi ne estis melankolia, ĝi estis esperplena. La lampo ĵetis malfortan lumon sur la muron, ŝi levis la balailon kun la silueto de la familio en sia boato, kaj la ombro desegniĝis sur la tapeto. Kaj nun estis tempo por la littuko, la blanka bildosurfaco, kie la silueto velos antaŭen trans la maron ...

Malfermu! kriis Onkloskruto trans la salona pordo. Fili-fjonkino malfermis je fendo kaj diris: Estas tro frue.

Jen okazas aferoj! flustris Onkloskruto. Li estas invitita per invitkarto! En la vestoŝranko. Kaj ĉi tion vi metu ĉe la honora sidloko. Li enŝovis grandan malsekan bukedon volvitan per folioj kaj musko. Filifjonkino rigardis la velkintajn plantojn, kaj ŝia nazo ĉifiĝis.

Bakteriojn for el mia kuirejo! ŝi diris.

Sed estas acero! Ili estas lavitaj en la rivereto, kontraŭis Onkloskruto.

Bakterioj amas akvon, atentigis Filifjonkino. Ĉu vi prenis viajn medikamentojn?

Ĉu vi vere pensas ke oni bezonas medikamentojn en festo!? ekkriis Onkloskruto malestime. Mi forgesis ilin. Kaj ĉu vi scias, kio okazis? Mi denove perdis ĉiujn miajn okulvitrojn!

Gratulon, diris Filifjonkino seke. Mi proponas ke vi sendu la bukedon rekte al la vestoŝranko. Tio estas pli ĝentila. Ŝi fermis la pordon kun eta klako.

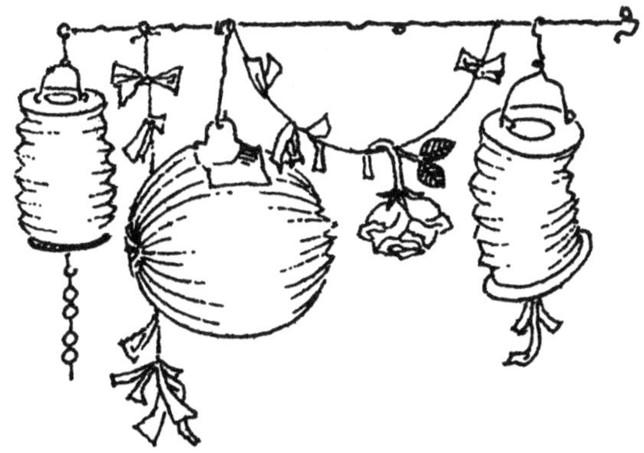

18

Nun la lanternoj lumis ruĝe, flave kaj verde. Ili rigardis sian mildan spegulan bildon en la nigraj fenestrovitroj. La gastoj venis en la kuirejon, ili solene salutis unu la alian kaj sidiĝis. Sed la Hemulo restis staranta malantaŭ sia seĝo kaj diris: Ĉi tio estas hejma vespero en la signo de la familio. Mi petas permeson enkonduki la vesperon per poemo, kiun mi verkis por ĉi tiu aparta okazo kaj dediĉis al Muminpatro. Li elpoŝigis paperon kaj komencis laŭtlegi, li estis tre kortuŝita.

Manpremo de amik', nenio plua,
jen la feliĉ' kaj paco de vespero.
El ŝlimo kaj kanaro kote glua
ekveli al la maro en libero.

Ho, stranga sonĝo estas nia vivo,
mirinda fluo dum spekulativo!
Mi sentas dum velado emocion,
sed pri la vivocelo scias mi nenion
Sopiras mi sur vasta oceano
al firma premo de la rudrostango en la mano.

La Hemulo, Muminvalo en decembro

Ĉiuj aplaŭdis.

Dum spekulativo, ripetis Onkloskruto. Kiel simpatie. Ĝuste tiel oni parolis kiam mi estis infano.

Momenton, diris la Hemulo. Ne min vi aplaŭdu. Ni havu duonminuton da silento en aprezo de la Muminfamilio. Ni manĝas ilian manĝon – aŭ tion, kio restas el ĝi. Ni paŝas sub iliaj arboj kaj ni vivas en ilia etoso de toleremo, amikeco kaj vivĝojo. Silentan minuton, mi petas!

Duonon, vi diris, murmuris Onkloskruto kaj komencis kalkuli sekundojn. Ĉiuj stariĝis kaj levis siajn glasojn; estis solena momento. Dudek kvar, dudek kvin, dudek ses, kalkulis Onkloskruto, hodiaŭ liaj kruroj estis iomete lacaj. Tio devus esti liaj propraj sekundoj, ja malgraŭ ĉio ĝi estis lia festo, ne tiu de la familianoj. Ili ne havis stomakdoloron. Kaj li malkontentis pri la prapatro, kiu ne observis la tempon.

Dum la gastoj honoris la Muminfamilion per silento, aŭdiĝis malforta, strange batfala sono, kiu venis de ekstere, ie ĉe la kuireja ŝtuparo. Sonis kvazaŭ io palpiris antaŭen laŭ la muro de la domo. Filifjonkino ĵetis rapidan rigardon al la

pordo, la klinko estis fermita. Ŝi renkontis la okulojn de la homso. Ambaŭ levis la nazon flarante, sed ili nenion diris.

Je via sano! proponis la Hemulo. Ni tostu je bona kamaradeco! Ĉiuj eltrinkis siajn glasojn, kiuj estis la plej malgrandaj kaj delikataj, tiuj sur piedo kun girlandeto laŭ la rando. Poste oni rajtis sidiĝi.

Kaj nun, diris la Hemulo, nun la programo daŭros per la plej sensignifa el ni. Ne estas maljuste, ke la lasta el ĉiuj aperu kiel la unua, ĉu ne? La homso Toft!

La homso malfermis la libron ie ĉe la fino. Li legis, sufiĉe mallaŭte kaj kun paŭzo antaŭ la longaj vortoj: «Paĝo ducent dudek sep. Okazas nur esceptokaze ke vivoformo el la speco, kiun ni strebis rekonstrui, konservas sian herbovoran karakteron en pure fiziologia senco, dum samtempe ĝia koncepto pri la mondo iasence kontinue agresemiĝas. Neniuj ŝanĝiĝoj okazis, se temas pri akriĝo de atento, rapideco, forteco kaj la ceteraj ĉasinstinktoj, kiuj normale akompanas la evolucion de karnovorulo. La dentoj montras malakrajn maĉosurfacojn, la krifoj estas tute rudimentaj kaj la vidkapablo sensignifa. La volumeno tamen kreskis en surpriza grado, kio evidente devis kaŭzi ĝenojn ĉe individuo, kiu dum jarmiloj pasigis sian vivon revante en kaŝitaj fendoj kaj kavoj. En tiu ĉi kazo ni konsternite alfrontas evolucian formon, kiu en si unuigas ĉiujn karakterizaĵojn kaj la indolentan vivoformon de vegetarano kun malefika kaj absolute neklarigebla agresemo.»

Kio estis tio lasta, demandis Onkloskruto, kiu dum la tuta tempo tenis manon malantaŭ la orelo. Liaj oreloj havis neniun mankon, dum li sciis, kion oni diros. Kaj tion li ja preskaŭ ĉiam sciis.

Agresemo, respondis Mimlino, sufiĉe laŭte.

Ne kriu, mi ne estas surda, diris Onkloskruto aŭtomate. Kaj kio do estas tio?

Tio estas kiam oni koleras, informis Filifjonkino.

Aha, diris Onkloskruto. Do mi komprenas la tuton. Ĉu iu alia verkis ion aŭ ĉu baldaŭ estos programo? Li komencis maltrankvili pri la prapatro. Eble ankaŭ la prapatro havis lacajn krurojn, eble li ne mastris la ŝtuparon. Eble li estis ofendita, aŭ simple endormiĝis. Ĉiam estas io misa, pensis Onkloskruto ĉagrenite. Ili iĝas tute netolereblaj, kiam ili pli ol centjariĝas. Krome malĝentilaj ...

Mimlino! trumpetis la Hemulo. Permesu al mi prezenti Mimlinon!

Mimlino suriris la plankon kun modesta kaj tre memkonscia mieno. Ŝiaj haroj atingis la genuojn, oni vidis ke la har-lavado sukcesis. Ŝi rapide kapsignis al Snufmumriko, kaj li ekludis. Li ludis tre malrapide, Mimlino levis la brakojn kaj rondiris ĉirkaŭ si mem per etaj, hezitaj paŝoj. Ŝu, ŝu, tide-li-du, ludis la buŝharmoniko; nerimarkeble la muziko eniris en melodion, ĝi iĝis pli gaja, kaj Mimlino dancis pli rapide, nun la tuta kuirejo estis plena de muziko kaj moviĝado, kaj la longaj ruĝaj haroj similis flugantan sunon. Kiel bela kaj gaja tio estis! Neniu aŭdis la Beston, kiu peza kaj grandega rampis ĉirkaŭ la domo, fojon post fojo ĉirkaŭe, ne sciante, kion ĝi volas. La gastoj stamfe indikis la takton kaj kantis tide-li tide-lu, Mimlino deskuis siajn botojn, ŝi ĵetis sian koltukon surplanken, la paperaj girlandoj balanciĝis pro la forna varmo, ĉiuj kunfrapis la manojn, kaj nun Snufmumriko ĉesis ludi kun laŭta krio! Kaj Mimlino ridis pro fiero.

Ĉiuj kriis: Brave! Brave! kaj la Hemulo diris kun sincera admiro: Koran dankon.

Ne danku min, respondis Mimlino. Mi ne povas rezisti tion. Vi devus fari same!

Filifjonkino stariĝis kaj diris: Ke oni ne povas rezisti kaj

ke oni devus ne vere akordas, ŝajnas al mi. Mi ne kredas ke tio, kion oni devus, estas la sama afero kiel tio, kion oni ne povas rezisti ... Ĉiuj serĉis siajn glasojn, ĉar ili pensis ke Filifjonkino volas fari paroladon. Kiam nenio plua sekvis, ili komencis krii, petante pli da muziko. Sed Onkloskruto ne plu interesiĝis, li sidis volvante sian buŝtukon, ĝi senĉese fariĝis pli kaj pli malmola kaj malgranda. Plej kredinde estis ke la prapatro estas ofendita. Honoran gaston oni devas eskorti al la festo, tiel estis en la malnova tempo. Ili kondutis tre malbone.

Subite Onkloskruto stariĝis kaj batis sur la tablon.

Ni kondutis tre malbone, li diris. Ni komencis festi sen nia honora gasto, kaj ni ne eskortis lin malsupren laŭ la ŝtuparo. Vi naskiĝis tro malfrue kaj scias nenion pri eleganteco. Vi eĉ ne vidis ŝaradon en via tuta vivo! Kio estas programo sen ŝarado? Mi nur demandas. Nun aŭskultu, kion mi diras al vi! Programo estas montri la plej bonan, kion oni havas, kaj nun mi montros al vi mian amikon la prapatron. Li ne estas laca. Li ne havas malfortajn krurojn. Li koleras!

Dum Onkloskruto parolis, Filifjonkino uzis la okazon por prezenti la varmajn fromaĝbuterpanojn, diskrete sed malgraŭ ĉio. Onkloskruto okulsekvis ĉiun buterpanon, li vidis ilin surteriĝi sur siajn telerojn, li laŭtigis la voĉon kaj fine li kriis: Vi ĝenas mian programon!

Ho, pardonu, diris Filifjonkino, sed ili estas *varmaj*, ili ĵus venis el la bakforno ...

Kunportu ilin, portu ilin, portu ilin, diris Onkloskruto senpacience. Sed tenu ilin malantaŭ la dorso, por ke li ne eĉ pli ofendiĝu. Kaj kunportu viajn glasojn por tosti kun li.

Filifjonkino tenis paperan lanternon alte, kaj Onkloskruto malfermis la vestoŝrankon. Li profunde riverencis. Ankaŭ la prapatro kapklinis.

Mi ne zorgas prezenti ilin al vi, diris Onkloskruto. Vi tamen forgesos iliajn nomojn kaj tio ne tre gravas. Li etendis sian glason al la prapatro, kaj la glasoj ektintis, kiam ili tostis unu kun la alia.

Sed ĉi tion mi tute ne komprenas, ekkriis la Hemulo.

Mimlino piedbatis lian kruron.

Ankaŭ vi tostu kun li, diris Onkloskruto kaj paŝis flanken. Kien li iris?

Ni sendube estas tro junaj por tosti kun li, diris Filifjonkino rapide. Li povus koleri ...

Ni hurau por li! kriis la Hemulo. Unu du tri: Hura! Hura! Hura!

Kiam ili reiris suben en la kuirejon, Onkloskruto turnis sin al Filifjonkino kaj rimarkigis: Tiel ege *juna* vi ja ne estas ...

Nu nu, diris Filifjonkino foreste, ŝi levis sian longan nazon flarante. Jen malfreŝa odoro, aĉa odoro de humiĝado. Ŝi rigardis Tofton. Li rigardis flanken, pensante: Elektro.

Estis agrable reveni en la varman kuirejon.

Nun mi volas rigardi magiaĵojn, deklaris Onkloskruto. Ĉu neniu povas preni kuniklon el mia ĉapelo?

Ne. Nun estos mia programero, diris Filifjonkino digne.

Mi scias, kio ĝi estos, kriis Mimlino. Estos ŝia terura rakonto ke unu el ni eliras el la ĉambro kaj iĝas manĝita, kaj poste eliras la sekva kaj iĝas manĝita ...

Estos ombroteatro, diris Filifjonkino sen lasi sin impresi. Ŝi iris al la kuirforno kaj turnis sin al ili. Estos ombroteatraĵo titolita «Reveno». Ŝi pendigis la littukon sur la panostangon sub la plafono. Ŝi metis la kuirejan lampon sur la ŝtipujon malantaŭ la littuko kaj rondiris por blovestingi la lanternojn, unu post la alia.

Kaj kiam la lampo reeklumis, la lasta jam estis manĝita, diris Mimlino al si mem.

La Hemulo silentigis ŝin. Filifjonkino malaperis trans la littuko, ĝi lumis granda kaj blanka, ĉiuj rigardis kaj atendis, kaj Snufmumriko komencis ludi mallaŭte kiel flustro.

Nun ombro englitis sur la blanko, nigra silueto, ĝi estis boato. Ĉe la pruo de la boato sidis iu tre malgranda, kiu havis bulbosimilan hararanĝon sur la kapo.

Tio estas Mim, pensis Mimlino. Ĝuste tiel ŝi aspektas. Ĉi tio ja estas lerte farita.

La boato malrapide glitis plu sur la littuko, trans la maron; neniam ajn iu boato velis tiel silente kaj nature sur maro, kaj tie sidis la tuta familio, Mumintrolo kaj la patrino kun sia mansako apogita al la boatrando kaj la patro en sia ĉapelo, li sidis ĉe la pobo stirante, ili velis hejmen. (Sed la rudro ne aspektis bone.)

La homso Toft rigardis nur la patrinon. Oni havis tempon rigardi ĉiun detalon, la nigra ombro ekhavis kolorojn, la siluetoj ŝajnis moviĝi, kaj senĉese Snufmumriko ludis tiel ĝuste ke neniu aŭdis la muzikon antaŭ ol ĝi ĉesis. La familio revenis hejmen.

Tio estis vera ombroteatraĵo, diris Onkloskruto al si

mem. Mi vidis multajn ombroteatraĵojn, kaj mi memoras ilin ĉiujn. Sed ĉi tiu estis la plej bona.

La kurteno falis, la dramo finiĝis. Filifjonkino blovestingis la kuirejan lampon kaj la ĉambro mallumiĝis. Ĉiuj sidis senmove en la mallumo, atendante, iom surprizite.

Subite diris Filifjonkino: Mi ne trovas la alumetojn.

Tuj la mallumo ŝanĝiĝis. Ili aŭdis la venton susuri; ŝajnis ke la kuirejo vastiĝis, la muroj glitis disen en la eksteran nokton, kaj iliaj kruroj komencis malvarmiĝi.

Mi ne trovas la alumetojn! ripetis Filifjonkino akre.

Seĝaj piedoj skrapis kontraŭ la planko kaj io renversiĝis sur la tablo. Ĉiuj stariĝis, ili kunpuŝiĝis en la mallumo, iu implikiĝis en la littuko kaj stumblis sur seĝo. La homso Toft levis la kapon, nun la Besto estis tie ekstere, granda peza korpo frotiĝis kontraŭ la muro apud la kuireja pordo. Denove muĝis fulmotondro.

Ili estas ekstere! kriis Filifjonkino. Ili enrampos!

La homso Toft metis la orelon al la pordo kaj aŭskultis, li aŭdis nenion krom la vento. Li levis la klinkon kaj eliris, la pordo fermiĝis sensone malantaŭ li.

Nun la lampo brulis, Snufmumriko trovis la alumetojn. La Hemulo embarasite ridis.

Rigardu! li diris. Mi ŝovis la tutan manon en la buterpanon!

La kuirejo denove aspektis kiel kutime, sed neniu residiĝis. Kaj neniu rimarkis ke la homso malaperis.

Ni lasu ĉion resti, kia ĝi estas, diris Filifjonkino nervoze. Simple lasu ĝin. Mi lavos ĉion morgaŭ.

Tamen vi ja ne intencas iri hejmen?! kriis Onkloskruto. Nun la prapatro ja enlitiĝis, kaj nur nun komenciĝos la amuzo!

Sed neniu emis daŭrigi la feston. Ili diris bonan nokton unu al la alia, rapide kaj tre ĝentile, ili manpremis, post nelonge malaperis la gastoj. Onkloskruto stamfis sur la plankon antaŭ ol foriri. Li diris:

Mi tamen estis la lasta!

Kiam la homso venis en la eksteran mallumon, li staris senmove sur la ŝtuparo, atendante. La ĉielo estis iomete pli hela ol la montoj, kiuj desegnis sian ondan konturon ĉirkaŭ Muminvalo. La Besto silentis, sed la homso sentis ke ĝi vidas lin.

La homso Toft mallaŭte vokis: Numulito ... eta radiolario, Protozoo ... Sed ĝi ja ne povis koni la strangajn nomojn el la libro. Ĝi kredeble estis nur konfuzita kaj eĉ ne sciis, kial ĝi grumblas.

Toft pli zorgis ol timis. Li maltrankvilis pri tio, kion la numulito povus entrepreni sola, ĝi estis tro granda kaj tro kolera kaj tute ne kutimis esti granda kaj kolera. Li faris malcertan paŝon kaj tuj sentis ke la Besto faras unu paŝon malantaŭen.

Ne necesas foriri, klarigis Toft. Nur iru iomete pli malproksimen. Li pluiris tra la gazono, kaj la Besto cedis for de li kiel pezmova senforma ombro; la arbustoj krakis kaj rompiĝis, kie la Besto trairis.

Ĝi tro grandiĝis, pensis la homso. Ĝi estas tiel granda ke ĝi ne elturniĝos.

Nun la jasmenoj rompiĝis. La homso haltis kaj flustris: Iru singarde, singarde ...

La Besto grumblis al li. Li aŭdis la malfortan susuron de pluvo, sed la tondro estis tre fora. Ili pluiris. Senĉese Toft parolis al sia besto. Nun ili atingis la vitroglobon, ĉi-vespere ĝi estis klare blua, kaj la profunda hulado klare desegniĝis en la mallumo.

Ne indas, diris la homso. Ni ne povas mordi. Ni neniam povos mordi ilin. Bonvolu kredi, kion mi diras.

La numulito aŭskultis, sed eble ĝi aŭskultis nur la voĉon de la homso. Li frostis kaj la ŝuoj estis malsekaj, li perdis la paciencon kaj diris: Malgrandigu vin kaj kaŝiĝu! Ĉi tio ne prosperos al vi!

Kaj subite la vitroglobo ombriĝis. La longa blua hulado malfermiĝis kapturne en profundan abismon kaj re-fermiĝis; la besto el la grupo Protozooj malgrandigis sin kaj revenis al sia propra elemento. La vitroglobo de la patro, kiu kolektis ĉion kaj zorgis pri ĉio, malfermis sin al la konfuzita numulito.

La homso Toft reiris al la domo kaj ŝteliris supren al sia subtegmenta kamero. Li kunvolvis sin sur la plot-reto kaj tuj endormiĝis.

Post kiam ĉiuj foriris, Filifjonkino restis meze de la planko, profunde en pensoj. Ĉio estis senorda, la girlandoj surtretitaj, la seĝoj falintaj, kaj la paperaj lanternoj gutigis stearinon sur ĉion. Ŝi prenis buterpanon de la planko, pro distriteco demordis pecon kaj ĵetis la reston en la rubsitelon.

Jen sukcesa festo, diris Filifjonkino al si.

Nun denove pluvis ekstere. Ŝi zorge aŭskultis sed aŭdis nenion krom la pluvo. Ili jam foriris.

Efektive Filifjonkino estis nek ĝoja nek ekscitita, kaj tute ne laca. Ĉio ŝajnis senmova; ŝi nur aŭskultis. La buŝharmoniko de Snufmumriko restis surtable, kie li metis ĝin; ŝi prenis ĝin, tenis ĝin enmane, atendante. Nur la ekstera pluvo aŭdiĝis. Filifjonkino levis la buŝharmonikon kaj blovis en ĝin, ŝi movis ĝin tien-reen aŭskultante la tonojn. Ŝi sidiĝis ĉe la kuireja tablo. Kiel do estis, tide-lu

tide-lu ... Estis malfacile trovi la ĝustajn, ŝi provis re kaj re, tre singarde ŝi serĉadis inter la tonoj kaj trovis la unuan, la dua sekvis per si mem. La melodio eskapis de ŝi sed revenis. Evidente necesis senti, ne serĉi. Tide-li, tide-lu, jen venis tuta vico da tonoj, ĉiu en sia nedisputebla loko.

Horon post horo Filifjonkino sidis ĉe sia kuireja tablo, ludante buŝharmonikon, prove kaj respektoplene. La tonoj komencis simili melodiojn, kaj la melodioj fariĝis muziko. Ŝi ludis la kantojn de Snufmumriko, kaj ŝi ludis siajn proprajn, ŝi estis netuŝebla ene de absoluta certeco. Ŝi ne pensis pri tio, ĉu la aliaj aŭdas ŝin aŭ ne. Ekstere en la ĝardeno estis silente, ĉio rampanta jam malaperis, restis nur ordinara malluma aŭtuno kun kreskanta vento.

Filifjonkino endormiĝis ĉe la kuireja tablo kun la brakoj sub la kapo. Ŝi dormis tre bone ĝis la oka kaj duono matene. Tiam ŝi vekiĝis, rigardis ĉirkaŭ si kaj diris al si mem: Kiel do aspektas ĉi tie! Hodiaŭ estos granda purigado.

19

Je dudek kvin minutoj antaŭ la naŭa, kiam la mateno ankoraŭ kuŝis en mallumo, malfermiĝis ĉiuj fenestroj, unu post la alia, matracoj kaj litkovriloj kaj plejdoj ekŝvelis sur ĉiu fenestrobreto, kaj mirinda trablovado flugis tra la domo kaj kirlis la polvon en densajn nubojn.

Filifjonkino purigis. Ĉiu poto staris surforne, varmigante akvon, brosoj kaj viŝtukoj kaj kuvoj eldancis el siaj ŝrankoj, kaj la veranda apogilo estis garnita per tapiŝoj. Ĝi estis enorma purigado, la plej granda iam ajn vidita. Ili staris surtere kaj surpriziĝis, ili vidis Filifjonkinon kuri enen-elen kaj tien-reen, ŝi portis mantukon ĉirkaŭ la haroj kaj la antaŭtukon de Muminpatrino, kiu estis tiel granda ke ĝi ĉirkaŭis ŝin trifoje.

Snufmumriko eniris en la kuirejon serĉante sian buŝ-
harmonikon.

Ĝi kuŝas sur la forna breto, diris Filifjonkino pretere. Mi
traktis ĝin tre singarde.

Vi ja povus havi ĝin iom pli longe, diris Snufmumriko
hezite.

Sed Filifjonkino diris aferece: Prenu ĝin. Mi akiros
propran. Kaj atentu, vi tretas la balaaĵon.

Estis mirinde denove povi purigi. Ŝi sciis precize, kie
kaŝiĝas la polvo, mola kaj griza kaj memkontenta ĝi ripozis
en la anguloj, ŝi ĉasis ĉiun polvotufon, kiu kunvolvis sin
granda kaj grasa kaj plena de haroj, kredante ke ĝi estas
sekura, ha ha! Tineaj larvoj, araneoj kaj multpieduloj, ĉia-
specaj krabluloj kaj kribluloj estis renversitaj per la granda
balailo de Filifjonkino, kaj jen venis mirindaj riveroj el
varma akvo kaj sapoŝaŭmo, kiuj forlavis ĉion; ne estis mal-
multe, kio forfluis tra la pordo per sitelo post sitelo, vere
estis plezuro vivi.

Mi neniam ŝatas, kiam virinoj purigas, diris Onkloskruto.
Ĉu iu diris al ŝi ne tuŝi la vestoŝrankon de la prapatro?

Sed ankaŭ la vestoŝranko estis purigita, ĝi estis purigita
duoble tiel multe kiel ĉio cetera. La sola afero, kiun Fili-
fjonkino lasis en paco, estis la spegulo sur la interna flanko
de la ŝrankopordo, ĝi povis plu restadi nebula.

Iom post iom la puriga ĝojo infektis ĉiujn krom Onklo-
skruto. Ili portis akvon kaj skuis tapiŝojn, jen kaj jen ili lavis
pecon da planko kaj ricevis ĉiu sian fenestron por lavi, kaj
kiam ili ekmalsatis, ili eniris la manĝoprovizejon por

elserĉi tion, kio restis post la hejma vespero. Filifjonkino nenion manĝis nek parolis; kiel ŝi do havus tempon aŭ emon por io tia? De temp' al tempo ŝi iomete fajfis, ŝi estis malpeza kaj elasta, ŝi moviĝis kiel vento – jen ŝi estis tie, jen ĉi tie, ŝi kompensis la tutan dezertecon kaj teruron kaj parenteze pensis:

Kio okazis al mi? Mi ja similis grandan grizan polvotufon ... Kaj kial? Tion ŝi ne povis memori.

Tiel pasis la tuta granda, brila puriga tago, bonŝance sen pluvo. Kiam venis la krepusko, ĉio troviĝis sialoke, ĉio estis pura, briligita, aerumita, kaj la domo gapis konsternite ĉiudirekten per siaj ĵuslavitaj fenestraj vitroj. Filifjonkino demetis la purigan tukon kaj pendigis la antaŭtukon de la patrino sur ĝian hokon.

Jen do, ŝi diris. Kaj nun mi iros hejmen por purigi ankaŭ ĉe mi mem. Tio estas bezonata.

Ili ĉiuj sidis sur la veranda ŝtuparo. Nun estis tre malvarme vespere, sed retenis ilin sento de ekiro kaj ŝanĝo.

Dankon, ĉar vi purigis la domon, diris la Hemulo kun sincera admiro.

Ne dankinde, respondis Filifjonkino. Mi ne povis rezisti! Vi devus fari same. Mi celas Mimlinon.

Unu afero estas stranga, diris la Hemulo. Kelkfoje ŝajnas al mi ke ĉio, kion ni diras kaj faras, kaj ĉio, kio okazas, jam okazis unufoje antaŭe, ĉu ne? Ĉu vi komprenas kion mi volas diri? Ĉio estas sama.

Kaj kial ĝi estu malsama? demandis Mimlino. Hemulo ĉiam restas hemulo, kaj nur samspecaj aferoj okazas al li. Kaj al mimlinoj fojfoje okazas ke ili foriras por ne devi purigi! Ŝi laŭte ridis frapante al si la genuojn.

Ĉu vi ĉiam estos sama? demandis Filifjonkino scivole.

Mi sincere esperas ke jes! respondis Mimlino.

Onkloskruto rigardis de unu al la alia, li ege laciĝis pro iliaj purigado kaj parolado pri aferoj, kiuj pliĝustigas nenion. Ĉi tie estas malvarme, li diris. Li stariĝis sur rigidaj kruroj kaj eniris en la domon.

Baldaŭ falos neĝo, diris Snufmumriko.

En la sekva mateno unuafoje neĝis, malmolaj floketoj, kaj estis timiga malvarmo. Filifjonkino kaj Mimlino adiaŭis sur la ponto, Onkloskruto ankoraŭ ne vekiĝis.

Estis tre fruktodona tempo, diris la Hemulo. Mi esperas ke ni iam renkontiĝos kune kun la familio.

Jes ja, diris Filifjonkino distrite. Ĉiuokaze rakontu ke la porcelana vazo estas donaco de mi. Kiu estas la marko de tiu buŝharmoniko?

Harmonio du, diris Snufmumriko.

Feliĉan vojaĝon, murmuris la homso Toft. Kaj Mimlino diris: Kisu la nazon de Onkloskruto. Kaj memoru ke li ŝatas kukumojn, kaj ke la rivero estas rivereto!

Filifjonkino levis sian valizon. Nun zorgu ke li prenu siajn medikamentojn, ŝi diris severe. Ĉu li volas aŭ ne. Cent jaroj ne estas infanaĵo! Kaj vi ja povos aranĝi hejman vesperon iam kaj tiam. Ŝi pluiris trans la ponton sen turniĝi, kaj Mimlino postsekvis. Ili malaperis en la neĝoblovadon, ĉirkaŭate de la melankolio kaj senŝarĝiĝo, kiuj kutime sekvas adiaŭon.

Dum la tuta tago neĝadis kaj eĉ pli malvarmiĝis. La blankiĝanta tero, la ekiro, la lavita domo – ĉio donis al la tago trajton de senmovo kaj konsiderado. La Hemulo gapadis supren al sia arbo, dissegis tabulon kaj lasis ĝin kuŝi. Poste li nur staris rigardante. Jen kaj jen li eniris por frapeti sur la barometron.

Onkloskruto kuŝis sur la salona sofo, kontemplante la ŝanĝiĝon de aferoj. Mimlino pravis. Tute subite li trovis ke la rivereto estas rivero, bruna rivero, kiu kurbiĝas inter siaj neĝaj bordoj kaj tutsimple estas bruna rivero. Kaj nun li ne plu povis fiŝi. Li metis la veluran kusenon sur la kapon kaj memoris sian propran gajan rivereton, pli kaj pli li memoris, kiel la riveretoj fluis kaj la tagoj pasis en la epoko antaŭlonge, kiam troviĝis multe da fiŝoj, kaj la noktoj estis varmaj kaj helaj, kaj aferoj senĉese okazadis. Oni kuradis senfine, por havi tempon por ĉio okazanta, kaj dormis nur dum

pasanta momento, kaj ridis pri ĉio ... Onkloskruto iris por paroli kun la prapatro. Saluton, li diris. Neĝas. Kial okazas nur etaĵoj nuntempe, kial ili tiel malgrandiĝas? Kie estas mia rivereto? Onkloskruto silentiĝis; lacigis lin paroli kun amiko, kiu neniam respondas. Vi estas tro maljuna, li diris, batante per la bastono. Kaj nun kiam alvenas la vintro, vi eĉ pli maljuniĝos. Oni terure maljuniĝas vintre. Onkloskruto rigardis sian amikon, atendante. Ĉiuj pordoj de la sub-tegmenta etaĝo estis malfermitaj al grandaj purigitaj

ĉambroj, jam malaperis ĉio enfermita kaj simpatie duon-
malzorga, la tapiŝoj kuŝis rekte, formante seriozajn
rektangulojn, kaj super ĉio estis malvarma kaj neĝa vintra
lumo. Kolero kaj forlasiteco kaptis Onkloskruton, kaj li
kriis: Kion do? Diru ion?! Sed la prapatro ne respondis, li
staris gapante en sia nokta mantelo, kiu estis ege tro longa,
kaj li diris eĉ ne unu vorton.

Elvenu el via ŝranko, diris Onkloskruto severe. Elvenu
rigardi. Ili refaris ĉion, kaj nun jam nur ni scias, kiel estis
dekomence! Kaj poste Onkloskruto puŝis la ventron de la
prapatro per sia bastono, sufiĉe forte. Io ektintis, la malnova
spegulo krevis kaj malfiksiĝis, ĝi falis suben, unu sola longa

mallarĝa splito kaptis la konfuzitan vizaĝon de la prapatro
– poste ankaŭ ĝi falis, kaj Onkloskruto staris vizaĝ-al-
vizaĝe kun bruna kartonplato, kiu signifis al li nenion.

Ĉu vere? diris Onkloskruto. Li foriris. Li ekkoleris kaj
foriris.

Onkloskruto sidiĝis antaŭ la forna fajro kaj cerbumis. Ĉe la
kuireja tablo sidis la Hemulo kun amaso da desegnoj
sternitaj antaŭ li. La muroj iel ne akordas, li diris. Ili fariĝas
oblikvaj en malĝusta maniero, kaj oni falas tra ili. Estas
tute neeble adapti ilin al la branĉoj.

Eble li ekvintrodormis, pensis Onkloskruto.

Efektive, daŭrigis la Hemulo, efektive muroj nur en-
fermas onin. Se oni sidas sur arbo, eble estas pli agrable
povi rigardi eksteren en la nokton kaj scii, kio okazas
ĉirkaŭe, ĉu ne?

La grandaj aferoj eble okazas printempe, diris Onklo-
skruto al si mem.

Kion vi diris? demandis la Hemulo. Ĉu *estas* pli agrable?

Ne, diris Onkloskruto, li ne aŭskultis. Finfine li sciis kion
fari, tio estis tute simpla! Li transsaltos la tutan vintron,
farante unu solan longan paŝon en aprilon. Ekzistis nenio,
pri kio necesis zorgi, nenio ajn! Nur fari al si bonan dormo-
kavon, kaj lasi la mondon turniĝi. Kaj kiam li vekiĝos, ĉio
estos tia, kia ĝi devus esti. Onkloskruto iris en la
manĝoprovizejon kaj prenis la supujon kun piceaj pingloj, li
estis tre ĝoja kaj subite terure dormema. Li preteriris la
cerbumantan hemulon dirante: Ĝis! Mi vintrodormos.

Ĝis la, diris la Hemulo foreste. Kiam la pordo fermiĝis, li levis la kapon dum momento, okulserĉante Onkloskruton, poste li denove profundiĝis en la malfacilan arton konstrui domon sur acero.

Tiuvespere la ĉielo estis tute klara. Maldika glacio kraketis sub la piedoj de la homso, kiam li paŝis tra la ĝardeno. La valo estis plena de frosta silento, kaj la neĝo disĵetis sian lumon sur la deklivojn. La vitroglobo estis malplena. Ĝi estis nenio krom bela blua vitroglobo. Sed la nigra ĉielo estis plena de steloj, milionoj da fulmantaj kaj glimantaj diamantoj, ili estis vintraj steloj, kiuj lumis de frosto.

Nun estas vintro, diris la homso, venante en la kuirejon.

La Hemulo jam decidis ke estas pli agrable sen muroj, do nur planko. Li senŝarĝigite faskigis siajn paperojn kaj diris: Onkloskruto vintrodormas.

Ĉu li kunportis siajn aĵojn? demandis la homso.

Kion li faru per ili? diris la Hemulo surprizite.

Kompreneble, kiu ekvintrodormas estos multe pli juna, kiam li vekiĝos; li bezonos nenion krom esti en paco. Sed la homso imagis ke kiam oni vekiĝas, estas grave scii ke iu pensis pri oni, dum oni dormis. Tial li serĉis la aĵojn de Onkloskruto kaj metis ilin apud la vestoŝrankon. Li sternis la kovrilon kun molanasa lanugo sur Onkloskruton kaj zorge fiksis ĝin ĉirkaŭe, ĉar la vintro eble estos malvarma. La vestoŝranko havis malfortan odoron de mildaj spicoj. Restis precize tiom da konjako en la botelo, ke ĝi sufiĉos por refreŝiga printempa drinketo en aprilo.

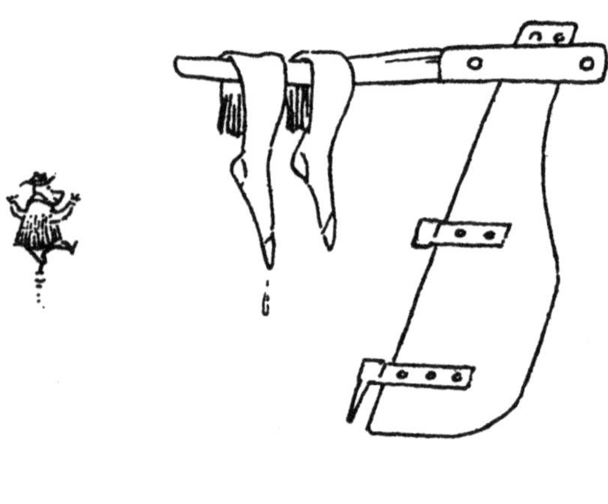

20

Post kiam Onkloskruto ekvintrodormis en la vestoŝranko, la valo eĉ pli silentiĝis. De temp' al tempo aŭdiĝis martel-batoj de la Hemulo supre sur la acero, kaj iufoje hakilbatoj en la ŝtipejo. Cetere regis silento. Ili diris saluton kaj bonan matenon, sed ili ne emis interparoli. Ili atendis la finon de sia rakonto.

De temp' al tempo iu iris en la provizejon por manĝi. Kaj dum la tuta tago kafokruĉo staris surforne, restante varma.

Efektive la silento de la valo estis tre agrabla kaj ripoziga, kaj ili pli bone alkutimiĝis unu al la alia, kiam ili ne tro multe renkontiĝis. La blua vitroglobo estis tute malplena kaj preta pleniĝi de io ajn. Senĉese pli kaj pli malvarmiĝis.

Kaj unu matenon okazis io: la planko de la arbodomo falis teren kun krako, kaj la granda acero aspektis sama kiel antaŭ ol la Hemulo ekkonstruis.

Estas strange, diris la Hemulo. Nun mi denove havas la senton ke ĉiam okazas samspecaj aferoj.

La tuta triopo staris sub la acero, rigardante tion, kio ĵus okazis.

Eble, diris Toft timide, eble la patro preferas sidi sur la arbo tia, kia ĝi estas?

Jen vi eble pravas, konsentis la Hemulo. Tio estus multe pli laŭ lia stilo, ĉu ne? Mi ja povus enbati najlon por la ŝtorm-lanterno. Sed ŝajnus iel pli nature, se ĝi pendus de branĉo.

Ili endomiĝis por trinki kafon, kaj ĉi-foje ili ĉiuj kaf-trinkis samtempe kaj metis subtasojn sub la tasojn.

Imagu, kiom akcidento tamen unuigas onin, diris la Hemulo, serioze kirlante en sia taso. Kaj kion ni do faru nun?

Ni atendu, diris la homso Toft.

Jes ja, sed kio pri mi? diris la Hemulo. Vi devos nur atendi ĝis ili venos, sed por mi estas tute alia afero.

Kial? demandis la homso.

Mi ne scias, respondis la Hemulo.

Snufmumriko verŝis pli da kafo kaj diris:

Post la dekdua horo ekblovos vento.

Tiel vi ĉiam diras! bruskis la homso. Oni demandas kion fari, kaj kio okazos, kaj ĉi tio estas terura, kaj vi respondas nur ke estos neĝo aŭ vento aŭ io, aŭ ĉu vi volas pli da sukero ...

Nun refoje vi ekkoleris, diris la Hemulo surprizite. Kial vi koleras kun tiel longaj intertempoj?

Mi ne scias, murmuris Toft. Mi ne koleras, tio simple okazas ...

Mi pensis pri la boateto, klarigis Snufmumriko. Se estos vento post la dekdua, la Hemulo kaj mi povus fari provon veli dum kelka tempo.

Ĝi likas, diris la Hemulo.

Ne, diris Snufmumriko. Mi ŝtopis ĝin. Kaj mi trovis la velon en la ŝtipejo. Ĉu vi emas?

La homso Toft rapide rigardis suben en sian kafotason, li sentis ke la Hemulo timas. Kaj la Hemulo diris:

Tio ja estus tute mirinda.

Je la dekdua kaj duono ekblovis, ne multe, sed almenaŭ kun etaj ŝaŭmeroj sur la tuta maro. Snufmumriko pretigis la boateton ĉe la bandoma ponteto, li hisis la spritvelon kaj lasis la Hemulon sidi ĉe la pruo. Estis tre malvarme, kaj ili surhavis ĉiun lanaĵon, kiun ili trovis. La ĉielo estis klara kun benko el malhelbluaj vintraj nuboj ĉe la horizonto. Snufmumriko boardis foren al la terpinto, la boato kliniĝis kaj iris je bona rapido.

La majesto de la maro, kriis la Hemulo kun tremanta voĉo, lia nazo paliĝis, kaj li gapis terurite al la boatrando de la senventa flanko, kiu estis ege tro proksima al la verda, torenta maro. Jen kiel oni sentas, li pensis. Jen kiel estas veli. La mondo turniĝas ĉirkaŭe, kaj oni pendas sur la plej ekstrema rando super la abismo, oni frostas kaj hontas kaj tro malfrue bedaŭras sian decidon. Espereble li ne rimarkos, kiom mi timas!

Apud la terpinto la boaton kaptis longa hulado venanta de iu ŝtormo en aliaj partoj de la maro. Snufmumriko takis kaj plu boardis foren.

La Hemulo komencis naŭziĝi. La naŭzo venis malrapide, inside, li nur oscedis, oscedadis, glutis, glutadis, kaj subite lia tuta korpo iĝis malforta kaj mizera, kaj ondo de naŭzo altiĝis el lia stomako, li volis nur morti.

Nun prenu la rudrostangon, diris Snufmumriko.

Ne, ne, ne, flustris la Hemulo kaj rifuze disbatis per ambaŭ manoj, la moviĝo fosis novan truon el anksio en lia stomako, kaj la tuta neeltenebla maro turnis sin en alia direkto.

Prenu la rudrostangon, ripetis Snufmumriko. Li stariĝis kaj transpaŝis al la meza benko. La rudro turniĝis sola kun si mem, senpove – iu ja devis stiri, ĉi tio estis terura – la Hemulo ekiris poben, li stumblis sur la benkoj, ŝanceliĝis kaj kaptis la rudrostangon per froste bluaj manoj, la velo batadis en plena histerio, nun la mondo pereos! Kaj Snufmumriko nur sidis rigardante la horizonton.

La Hemulo stiris tien, li stiris reen, la velo batis kaj envenis akvo en la boaton, kaj Snufmumriko ankoraŭ rigardis la horizonton.

La Hemulo tiel naŭziĝis ke li ne povis pensi, kaj tial li stiris laŭ instinkto, subite li kapablis stiri, la velo pleniĝis de vento, kaj la boato iris stabile laŭ la bordo tra la longaj huloj.

Nun mi ne vomu, pensis la Hemulo. Mi tenu la rudron firme, firmege, kaj ne vomu.

Lia stomako trankviliĝis. Li fikse rigardis la pruon de la boato, kiu altiĝis kaj malaltiĝis sur la huloj, altiĝis kaj malaltiĝis, lasu tion daŭri ĝis la fino de l' mondo, se mi nur ne refoje naŭziĝos, lasu nin perei, se mi nur evitos vomi ... La Hemulo ne kuraĝis movi eĉ unu muskolon, neniun mienon, neniun penson, li nur gapis al la pruo, kiu altiĝis kaj malaltiĝis, kaj la boato flugis en larga vento pli kaj pli foren sur la maro.

La homso Toft jam lavis la manĝilaron kaj sternis la liton de la Hemulo. Li kolektis la plankotabulojn de sub la acero kaj kaŝis ilin malantaŭ la ŝtipejo. Nun li sidis ĉe la kuireja tablo, dum li aŭskultis la venton kaj atendis.

Finfine li aŭdis ilin paroli en la ĝardeno; ili revenis. Li aŭdis paŝojn sur la kuireja ŝtuparo kaj la Hemulo envenis kaj diris saluton.

Saluton! diris la homso. Ĉu multe blovis?

Duona ŝtormo, respondis la Hemulo. Freŝa, severa vetero. Lia vizaĝo ankoraŭ estis verda, kaj li frostis tiel ke li tremegis, li demetis la ŝuojn kaj ŝtrumpojn kaj pendigis ilin por sekiĝi super la forno. La homso verŝis al li kafon. Ili sidis embarasite unu kontraŭ la alia ĉe la kuireja tablo.

Mi demandas min, diris la Hemulo. Mi demandas min, ĉu eble baldaŭ konvenus hejmeniri. Li ternis kaj aldonis: Mi stiris ĝin.

Eble vi sopiras vian boaton, murmuris la homso.

La Hemulo restis silenta dum tre longa tempo. Kiam li fine parolis, lia vizaĝo havis esprimon de grandega sen-ŝarĝiĝo.

Aŭskultu, li diris. Mi rakontos al vi ion. Ĉi tio estis la unua fojo en mia tuta vivo, ke mi estis surmare!

La homso ne levis la rigardon, kaj la Hemulo demandis:

Ĉu vi ne surpriziĝas?

La homso kapneis.

La Hemulo stariĝis kaj komencis paŝi tien-reen en la kuirejo, li estis tre ekscitita.

Veli estis terure, li diris. Sciu ke mi fartis tiel malbone ke mi volis nur morti, kaj dum la tuta tempo mi timis!

La homso Toft rigardis la Hemulon kaj diris:

Tio sendube estis terura.

Ja estis terure, konsentis la Hemulo dankeme. Sed mi ne lasis Snufmumrikon rimarki ion! Li trovis ke mi velas bone en larga vento, la ĝusta sento, ĉu ne? Kaj nun mi scias ke mi ne bezonos veli. Estas strange, ĉu ne? Nur ĵus mi komprenis ke mi neniam plu devos veli! La Hemulo levis la kapon kaj kore ridis. Li forte blovpurigis la nazon per la kuireja mantuko kaj diris: Nun mi jam revarmiĝis. Tuj kiam la ŝuoj kaj ŝtrumpoj estos sekaj, mi reiros hejmen. Tie sendube estas bela supo! Amasoj por ordigi.

Ĉu vi purigos la hejmon? demandis Toft.

Kompreneble ne! ekkriis la Hemulo. Mi devos ordigi por la aliaj. Ne estas multaj, kiuj scias kiel vivi kaj elturniĝi sen helpo!

De ĉiam la ponto estadis loko de adiaŭoj. La ŝuoj kaj ŝtrumpoj de la Hemulo estis sekaj, kaj li pretis ekiri. Ankoraŭ blovis, kaj liaj maldensaj haroj flugis tien-reen en la vento, li ekhavis iom da malvarmumo, aŭ eble li simple estis kortuŝita.

Jen mia poemo, diris la Hemulo kaj donis paperslipon al Snufmumriko. Mi kopiis ĝin kiel memoraĵon. Tiu kun «Jen la feliĉ' kaj paco», vi scias. Fartu bone kaj salutu la familion. Li levis la manon kaj foriris.

Post kiam la Hemulo transiris la ponton, la homso Toft postkuris lin kaj demandis: Kion vi faros pri la boato?

La boato? ripetis la Hemulo. Jes ja, la boato. Li iom cerbumis kaj diris: Mi atendos, ĝis mi trovos iun, kiu taŭgas.

Vi volas diri iun, kiu revas pri velado, diris Toft.

Tute ne! respondis la Hemulo. Iun, kiu bezonas boaton. Li denove mansignis kaj pluiris, li malaperis inter la betuloj.

La homso profunde enspiris. Ankoraŭ unu foriris. Baldaŭ la valo estos same malplena kaj malfermita kiel la vitro-globo kaj apartenos al neniu krom la familio kaj la homso Toft. Li preteriris Snufmumrikon kaj demandis: Kiam vi foriros?

Dependas, respondis Snufmumriko.

21

Unuafoje la homso Toft eniris la ĉambron de la patrino. Ĝi estis blanka. Li plenigis la kruĉon per akvo kaj glatigis la kroĉetitan superkovrilon de la lito. Li metis la vazon de Filifjonkino sur la litotablon. La patrino ne havis bildojn surmure, kaj sur la komodo estis nenio krom eta telero kun sekurpingloj, kaŭĉuka korko kaj du rondaj ŝtonoj. Sur la fenestrobreto la homso trovis poŝtranĉilon. Ŝi forgesis kunporti ĝin, li pensis. Ĝi estas tiu, per kiu ŝi kutimas tranĉi arboŝelajn ŝipetojn. Sed eble ŝi havas ankoraŭ unu. Li malfaldis la klingojn, kaj la grandan kaj la etan, ili estis tute malakraj, kaj la aleno estis rompita. La tranĉilo havis etan tondilon, sed tiun ŝi ne tre multe uzis. La homso Toft iris en la ŝtipejon kaj akrigis la tranĉilon. Poste li remetis ĝin sur la fenestrobreton.

La vetero subite mildiĝis kaj la vento ŝanĝis direkton kaj iĝis sudokcidenta. Jen la vento de la familio, pensis Toft. Mi scias ke ili preferas la sudokcidentan.

Nuba benko malrapide leviĝis super la maro, la tuta ĉielo peziĝis de nuboj, kaj oni vidis ke ili plenas de neĝo. Post kelkaj tagoj ĉiuj valoj estos kovritaj de la vintro, ĝi jam longe atendis, sed nun ĝi venos.

Snufmumriko staris ekster la tendo, flarante ekiron en la aero, li estis preta foriri. La valo estos fermita.

Trankvile kaj malrapide li eltiris la tendonajlojn kaj kunvolvis la tendon. Li estingis la braĝojn. Hodiaŭ li ne estis urĝata.

Nun ĉio estis malplena kaj pura, nur rektangulo el paliĝinta herbo montris, kie li loĝis. Morgaŭ la neĝo kovros ankaŭ tiun.

Li skribis leteron al Mumintrolo kaj metis ĝin en la leterkeston. La dorsosako staris prete pakita sur la ponto.

En la unua taglumo Snufmumriko iris preni siajn kvin mezurojn, ili troviĝis sur la mara strando. Li paŝis trans la benkon el fukoj kaj drivinta ligno kaj staris surstrande atendante. Ili venis tuj kaj estis eĉ pli belaj kaj simplaj ol li esperis ke ili estos.

Snufmumriko reiris al la ponto, dum la kanto pri pluvo pli kaj pli alproksimiĝis, li levis la dorsosakon sur la ŝultrojn kaj iris rekte en la arbaron.

Vespere en la sama tago tre malgranda sed stabila punkto de lumo brilis en la vitroglobo. La familio jam pendigis la ŝtormlanternon sur la mastopinton kaj estis survoje hejmen por vintrodormi.

La vento el sudokcidento plu blovadis, kaj la nuba benko jam leviĝis alten sur la ĉielo. Odoris je neĝo, pura, malplena odoro.

La homso ne surpriziĝis ke la tendejo estas dezerta. Eble Snufmumriko komprenis ke neniu krom Toft devas akcepti la familion, kiam ĝi revenos hejmen. Dum momento la homso demandis sin, ĉu Snufmumriko eble komprenas sufiĉe multe da sekretaj aferoj – sed nur dum momento. Poste la homso Toft denove pensis pri si mem. Lia revo pri la renkontiĝo kun la familio jam tiel grandiĝis ke ĝi lacigis lin. Ĉiufoje, kiam li pensis pri la patrino, lia kapo ekdoloris. Ŝi jam kreskis tiel perfekta kaj milda kaj konsola ke tio estis neeltenebla, ronda glata balonego senvizaĝa. La tuta Muminvalo fariĝis nereala, la domo kaj la ĝardeno kaj la rivero estis nenio krom ludo per ekranoj kaj ombroj, kaj la homso ne sciis, kio estas vera, kaj kion li nur pensis. Li jam devis atendadi tro longe, kaj nun li koleris. Li sidis sur la kuireja ŝtuparo kun la brakoj ĉirkaŭ la genuoj kun firme fermitaj okuloj; grandaj fremdaj bildoj kunpuŝiĝis en lia kapo, kaj subite li ektimis! Li salte stariĝis kaj ekkuris, li kuris preter la legoma ĝardeno, la rubejo, rekte en la arbaron, kaj tuj estis mallume ĉirkaŭ li, li venis en la postan terenon, la malbelan kaj rifuzitan arbaron, pri kiu parolis Mimlino. Ĉi-ene regis ĉiama krepusko. La arboj staris dense kaj time, sen spaco por siaj branĉoj, ili estis tute mal-vastaj. La tero aspektis kiel malseka ledo. La sola afero, kiu

lumis, estis oranĝkoloraj koralfungoj, ili kreskis kiel etaj manoj el la mallumo, kaj la arbotrunkoj havis grandajn tuberojn el arbofungoj, kiuj similis blankan kaj kremkoloran veluron. Tio estis nova mondo. La homso Toft ne havis bildojn nek vortojn por ĝi, nenio devis esti ĝusta. Ĉi tie neniu jam provis fari vojon, kaj neniu iam ajn ripozis sub la arboj. Ĉiuj nur paŝadis tie kun malhelaj pensoj, ĝi estis la arbaro de kolero. Li iĝis tute trankvila kaj tre atenta. Kun grandega senŝarĝiĝo la maltrankvila homso sentis ke ĉiuj liaj imagoj malaperas. Lia rakonto pri la valo kaj la feliĉa familio paliĝis kaj forglitis, la patrino forglitis kaj iĝis malproksima, nepersona bildo, li eĉ ne sciis, kiel ŝi aspektas.

La homso Toft pluiris tra la arbaro, kaŭriĝis sub la branĉoj, krablis kaj rampis, li pensis pri nenio ajn kaj estis same malplena kiel la vitroglobo. Jen la patrino iam paŝis, kiam ŝi estis laca kaj kolera, kiam ŝi elreviĝis kaj volis esti en paco, senplane vagante en la ĉiama ombro, profunde en sia mishumoro ... La homso Toft vidis tute novan patrinon, kaj ŝi ŝajnis al li natura. Subite li demandis sin, kial ŝi malĝojis, kaj kion eblus fari pri tio.

Nun la arbaro maldensiĝis, kaj grizaj montegoj venis renkonte al li. Ili estis traigitaj de marĉoj en profundaj, akvoplenaj valetoj, ĝis la monto atingis sian pinton kaj iĝis granda kaj tute nuda. Jen troviĝis nenio ajn krom blovado. La ĉielo estis enorma kun grandaj blovataj neĝonuboj, ĉio estis granda. La homso Toft rigardis dorsen, sed la valo estis nur sensignifa ombro malantaŭ li. Tiam li rigardis la maron.

La tuta maro etendiĝis antaŭ li, griza kaj striita de regulaj blankaj ondoj ĝis la horizonto. Toft turnis la nazon kontraŭ la vento, li sidiĝis por atendi. Nun finfine li povis denove atendi.

La familio havis favoran venton, ili alproksimiĝis rekte al la bordo. Ili venis de iu insulo, kie Toft neniam estis, kaj kiun li ne povis vidi. Eble ili deziris resti tie, li pensis. Eble ili faros rakonton pri tiu insulo, kiun ili rakontos al si antaŭ ol endormiĝi.

Dum multaj horoj la homso Toft sidis sur la monto, rigardante al la maro. La krepusko venis, kaj la tero sinkis en mallumon, sed ankoraŭ li povis vidi ĉiun ondokreston sur la maro.

Tuj antaŭ ol la suno subiris, ĝi faris ŝiraĵon el lumo en la nubobenko, malvarman kaj vintre flavan; ĝi igis la tutan mondon tre dezerta.

Kaj nun la homso Toft ekvidis la ŝtormlanternon, kiun la patro pendigis sur la mastopinton. Ĝi havis mildan varman koloron, kaj ĝi brulis sen interrompoj. La boato estis tre malproksima. La homso Toft havis sufiĉe da tempo por iri malsupren tra la arbaro kaj sekvi la strandon ĝis la boatvarfo, precize ĝustatempe por akcepti la ligŝnuron.

Tove Jansson kaj Muminvalo

Tove Jansson (1914–2001) estis svedlingva artistino kaj verkistino el Finnlando. Ŝiaj infanlibroj pri Mumintrolo kaj aliaj estaĵoj en Muminvalo fariĝis tutmonde konataj, sed ŝi verkis ankaŭ romanojn kaj novelojn por plenkreskuloj.

Tove kreskis en artista familio en Helsinko. Ŝia patro estis skulptisto, ŝia patrino desegnisto. Tove jam infanaĝe kaj junaĝe talente desegnis, sed ankaŭ verkis rakontojn. En ŝiaj desegnoj baldaŭ aperis kelkaj fantaziaj estaĵoj. Unu el ili, Mumintrolo, fariĝis ŝia kvazaŭa identigilo. Dum la milita tempo de 1939 ĝis 1945 ŝi komencis verki rakontojn pri la aparta mondo de Muminvalo kaj loĝigis en ĝi kelkajn figurojn ĉirkaŭ la centra rolo de Mumintrolo. La ilustraĵojn de la rakontoj ŝi kompreneble mem desegnis.

Post *Kometo en Muminvalo* en 1946, *Ĉapelo de sorĉisto* en 1948, *Memoroj de Muminpatro* en 1950, *Somermeza dramo* en 1954, *Vintro en Muminvalo* en 1957 kaj *La patro kaj la maro* en 1965 aperis en 1970 *Malfrue novembre*, kiu okazas en Muminvalo, kie la Muminfamilio tamen ne ĉeestas. Baldaŭ ĉiuj libroj de la serio aperis en alilingvaj tradukoj. La libroj pri Mumintrolo kaj liaj amikoj estas legataj kaj ŝatataj de infanoj kaj plenkreskuloj en multaj landoj.

Krom la longaj romanecaj rakontoj pri Mumintrolo aperis ankaŭ unu kolekto de mallongaj rakontoj kaj kelkaj bildlibroj kun versoj por etaj infanoj. Krome Tove Jansson kreis bildstrian rakonton pri Mumintrolo. Surbaze de la Mumin-rakontoj ŝi kreis ankaŭ teatraĵojn.

En *Malfrue novembre* do ne aperas Mumintrolo kaj liaj gepatroj, sed aro da gastoj, kiuj havas diversajn imagojn pri la Muminfamilio kaj precipe pri Muminpatrino. Plej centra el ili verŝajne estas la eta homso Toft, sed krome ĉeestas Filifjonkino, la Hemulo, Snufmumriko, Mimlino kaj Onkloskruto, ĉiu kun siaj trajtoj kaj siaj ideoj pri la forestantoj. Pluraj el ili elpensas rakontojn pri la familio, do la libro iasence aludas ankaŭ verkadon aŭ kreadon. Ĉiuj Mumin-libroj enhavas erojn, kiuj amuzas kaj interesas legantojn en diversaj aĝoj. Tamen *Malfrue novembre* sendube estas aparte pensiga por plenkreskuloj.

Tove Jansson mem diris, ke ŝi verkas ne tiel multe por infanoj, kiel por si mem. Ŝi tamen deklaris, ke «en ĉiu infanlibro devus troviĝi vojo, kie la aŭtoro haltas, sed la infano povas pluiri». Certe tio validas ankaŭ por la plenkreskaj legantoj.

STEN JOHANSSON